# 在人生
# 这场最大的
# 冒险中，
# 遇见你

陈子淏 —— 著

中国致公出版社
China Zhigong Press

图书在版编目（CIP）数据

在人生这场最大的冒险中，遇见你 / 陈子淏著 .——
北京：中国致公出版社，2018
ISBN 978-7-5145-1347-9

Ⅰ.①在… Ⅱ.①陈… Ⅲ.①随笔－作品集－中国－
当代 Ⅳ.① I267.1

中国版本图书馆 CIP 数据核字（2018）第 209783 号

在人生这场最大的冒险中，遇见你

陈子淏　著

责任编辑：蒋晓舟

责任印制：岳　珍

出版发行　中国致公出版社　China Zhigong Press

地　　址：北京市海淀区翠微路 2 号院科贸楼

邮　　编：100036

电　　话：010-85869872（发行部）

经　　销：全国新华书店

印　　刷：天津翔远印刷有限公司

开　　本：880 毫米 ×1230 毫米　1/32

印　　张：8

字　　数：146 千字

版　　次：2018 年 12 月第 1 版　　2018 年 12 月第 1 次印刷

定　　价：42.00 元

Contents

目录

# 第一章　一个人不孤独，两个人不拥挤

## 第二章　所有的遇见，都是一种偿还

# 第三章 在人生这场最大的冒险中，遇见你

## 第四章　我们曾共有过去，如今却各有未来

## 第五章　世界再大，也不如一个有人等你的家

第一章

一个人不
孤独，
两个人不拥挤

即使恋爱了，也别丢掉单身时的能力

## 01

两个人在一起，怎样才最舒服？整天如胶似漆，24小时形影不离？错！

我认为，两个人在一起，相互并肩，各自独立才最舒服。

白天上班，大路朝天，各走一边；晚上回家，情话绵绵，相拥入眠。

有些人，恋爱之后仿佛得了一种"没有对方就要死"的绝症，一旦自己被对方稍微冷落了，就感觉世界末日要来了。

谈恋爱，太投入，也许不是一件好事。爱情，并非生活的全部，爱得太满，容易让双方都受伤。

## 02

我很赞同朋友小魏的爱情观。

小魏有个谈了三年多的男朋友，但是很多人都以为小魏是单身。小魏也曾在微信朋友圈里晒过男朋友的照片，但数量不多，也不刻意，不熟悉的人以为他们只是普通朋友而已。虽然小魏偶尔也会和男朋友一起出去旅行，但她更多的时候还是和我们在一起。小魏的男朋友是个"宅男"，除了旅行外，平时几乎不出门。

电影《山河故人》上映的时候，小魏约了我们几个朋友一起去看。

我问小魏："是不是和男朋友吵架了，怎么没和男朋友一起看啊？"

小魏说："我家那位理工男从来不看这种文艺片，和他看了也没法交流，还不如和你们一起看呢。"

"那你们从不一起看电影吗？"我问道。

"看啊，我俩都喜欢动漫，如果有动漫电影，我们就一起看，其他类型就各看各的。"

小魏的生活并没有因为谈恋爱而发生翻天覆地的变化，该和闺密一起逛街的时候就去逛街，想见朋友的时候就约着一起吃火锅。

爱情，只是生活的调味品，不是必需品，有它，更好；没它，也无碍。

他喜欢拉萨，碰巧你喜欢雪山，那就一起去西藏观光。他喜欢玩游戏，你喜欢权志龙，那就让他在家和朋友一起"开黑"，自己约上闺密逛街聊八卦。你们完全没必要把彼此变成一样的人。都喜欢的事情就一起做，其他的事情就各做各的。这样谈恋爱，想想都好棒。

## 03

在爱情里太过投入的人，结局往往都是输得精光。

很多姑娘一谈恋爱，整个人都陷进去了。她们以男人为圆心，以爱情为半径，画出的圆圈就是自己的整个世界，如果哪天圆心出了意外，整个世界就会崩塌。傻姑娘，即使谈了恋爱，你世界的圆心也应该是你自己而不是别人。

琪姐以前是一名拉丁舞教练，收入不菲。后来她交了一个男朋友，因为对方不喜欢她的职业，琪姐就辞去工作，做起了文员。文员的工资不高，只够日常开销，不过男朋友对她不错，衣服、鞋包、护肤品，只要琪姐开口，他都会买。在和那个男人谈恋爱的三年里，琪姐的整个世界除了男朋友就没有其他。朋友聚会，没时间去，时间久了，大家就和她生疏了；职场充电，更没空，有那时间还不如躺在男朋友怀里玩会儿手机。那时候男朋友就是琪姐的整个世界，爱情就是她生活的全部。

恋爱中的人谁会去想分手的事？总以为现世安稳，岁月静好，两人肯定会天长地久。可是，一不留神，感情就出现了问题——琪姐和男朋友分手了。屋漏偏逢连夜雨，琪姐又收到了房东短信——该交下半年的房租了。她数了数自己的存款，加起来还不够付一个月的房租。没办法，只能找朋友借，但她发现自己已经很久没和朋友联系了。以前心思都在男朋友身上，工作上的事情也都是应付了事，现在重新调整才发现自己并不喜欢这份工作，而且三年来，除了学会使用打印机以外，就没有学会其他技能。

辞职，重新做起了拉丁舞教练，许久不练，技艺难免生疏。为了回到从前的水准，琪姐不得不每晚熬夜练习。反观当初和自己同一水平的舞师，现在都成了高级教练，工资涨了两倍。

## 04

都知道吃太饱对胃不好，可我们还是习惯死撑；都明白爱太满对心不好，可我们依旧全心投入。没有谁能保证感情不变质，万一对方中途下车，你要随时做好独自上路的准备。即使恋爱了，也不要丢掉自身的盔甲。

你在，我是能躺在你怀里撒娇的小公主；你走，我是能叱咤风云的女王。孤独有时，欢笑有时，一个人也能好好吃饭；单身有时，恋爱有时，一个人生活也要有滋有味。

爱情里，既要有相互扶持的勇气，也要有独闯江湖的能力。

# 为什么你遇不到合适的人

## 01

经常听到这样的对话：

"你怎么还是一个人？"

"因为没遇到合适的。"

"你们怎么分手了？"

"因为不适合。"

很多人觉得"合适"只是一个低标准的择偶要求，但实际上，"合适"是对伴侣的最高要求。

合适——包括对等的相貌、共同的兴趣、互补的性格和一致的三观。只有满足这四个条件，才能称得上"合适"。

## 02

相貌相当，只是恋爱的前提。

虽说恋爱不能仅看对方的长相，但大多数情况下，长相就是一张入场券。如果你的长相不为对方所喜欢，那么抱歉，可能对方还没来得及了解你的内在，就已经把你淘汰了。

所以，很多时候，只有两个人相貌相当，才会有后续的故事发展。

而找个相貌匹配的人有多难，单身的人应该都清楚。

首先，我们每个人对自己的长相都是高估的。有科学研究表明，镜子里的模样会比实际的样子好看许多，更别说现在的美图软件带给人的错觉了。

自己长得丑，却嫌别人丑。大家都挺自恋的，都单身好了。

## 03

爱好要一致，否则谈不拢。

谈到兴趣爱好这个点，很多人会说，我兴趣爱好广泛，喜欢的东西也不小众，应该很容易找到那个陪我"疯"的人。

但现实真的是这样吗？

打开社交网站，你会发现很多人的兴趣爱好都是电影、音乐和旅行。看上去大家共同爱好蛮多的，但熟起来之后才发现，彼此喜欢的东西差别很大。

刚认识的时候，你喜欢看电影，我也喜欢看电影。周末一起去看电影吧。

后来才知道，她最喜欢的那种电影，是你一看就犯困的文艺片；而你喜欢的喜剧片，她却一点儿也找不到笑点。

刚聊天的时候，你发现两人都喜欢音乐。

后来才发现，她喜欢欧美摇滚，而你则喜欢民谣。你听不懂她分享在朋友圈的歌曲，她嫌弃你整天无病呻吟瞎矫情。

人与人之间就是这样，越是交心，越是觉得自己孤独。

我们遇到过很多很多的人，也曾以为相互之间会有很多很多的话要说，后来才知道，是自己想太多。

## 04

性格合适的人才能长久。

有多少人，聊着聊着就从准男（女）友变成了陌路人。

有多少情侣整天秀恩爱，秀着秀着，突然就分手了。

这里面有很大一部分原因是彼此性格不合。

如果说长相决定了两个人有没有可能走到一起，那么性格则决定两个人能不能走到最后。

两个人刚在一起的时候，可能觉得性格不适合没关系。

你脾气不好，没关系。因为爱你，我可以让着你。

你没有耐心，没关系。因为爱你，我可以忍着你。

你不爱讲理，没关系。因为爱你，我可以迁就你。

但是一段持久的感情精神上肯定是对等的。你我之间隔了一万零一步，我可以走一万步去见你，但你不能站在原地一步不动。

因为爱你，我可以忍受性格上的不适合，也可以因为性格不适合，我不再爱你了。

## 05

三观不合，不必强融。

所谓合适的人，除了颜值要匹配，兴趣要搭配，还要三观一致。

经常有人问，三观和爱好有什么区别。

在网上看到过一段话，分析得很好：

你喜欢看书，他喜欢玩游戏，这不叫三观不合；你喜欢看书，他说看书有什么用，不就是装文艺嘛，这才叫三观不合。

你喜欢去西餐厅吃牛排，他喜欢在大排档撸串，这不叫三观不合；他说那玩意儿死贵，还不好吃，说你是做作，这才是三观不合。

你喜欢假期去各地旅游，他喜欢宅在家里，这不是三观不合；他说旅游有什么好玩的，不就是花钱遭罪嘛，躺在家里多舒服，这才是三观不合。

兴趣不同，只是彼此喜欢的东西不一样，而三观不合，是对方否定你的生活态度。

和兴趣不同的人在一起，只是无聊；和三观不合的人在一起，简直是受罪。

两个人在一起越久，经历的事情也就越多，这时，两个人之间的三观是否一致就显得愈发重要。

性格不合，可以慢慢磨合；兴趣爱好不同，可以后期培养，但三观不合，就真的没办法了。

成年人的三观基本上已经定型了，不要妄想着再去改变他们，所以，如果你遇到的那个人和你三观不合，那么就此别过吧。三观不合，不必强融。

余生很长，你要找个三观一致的人在一起。

单身男女千千万万，找个适合的人还是那么难。

但是无论如何，答应自己：宁愿单身，也不要随便找个人凑合。因为就算是一个人，也可以活得蛮精彩的。

## 低质量的恋爱，不如高质量的单身

身边经常有单身的女性朋友向我抱怨，说自己长得还行，性格不错，条件也不差，怎么就找不到对象呢?

据我观察，很多姑娘之所以没有男朋友，是因为她们身上散发着一种气场——一种"老娘不需要男朋友"的气场!

而且这种气场，因单身时间、过往受伤程度、性格特点等不同，个体差异也蛮大的。

你属于哪一级，来看看就知道了。

第一级。

你比较脆弱，抗压性也不强，而且严重缺乏安全感。你害怕孤独，从来不敢一个人去电影院。你很喜欢胡思乱想，看到伤感的电影，就会对号入座。

你非常需要男朋友，时刻幻想着有人闯入你的生活。

第二级。

你没什么兴趣爱好，周末不是宅在家里追剧，就是躺在床上玩手机，然后不知不觉睡着。

走在大街上，看到情侣，你会莫名失落。

你内心特别渴望能有一个人陪你玩，陪你笑。

第三级。

你很多事情都做不好。不光不会修电脑，连换个灯泡你都害怕。

你不会照顾自己，动不动就生病感冒，做事也粗枝大叶，出门旅行时，不是到车站才发现身份证落在了家里，就是途中把手机弄丢。

你总觉得，一个人的生活很难。你很羡慕那些有男朋友的姑娘。

第四级。

恭喜你！到这一步，感情在你心里已经没那么重要了。

在你看来，爱情不是白米饭，只是调味品，没有它你死不了，只是生活少了点儿味道。

你已经习惯一个人的生活。每天一个人挤地铁上下班，一个人吃饭看电影，你都习以为常。

你的微信上，还是有几个暧昧对象的。不过你对他们，总是爱搭不理，高兴的时候多说几句，烦躁的时候说一个"忙"字也就应付过去了。

你对另一半有自己明确的标准，如果不是自己喜欢的模样，宁愿单身，也不会随便找个人凑合。


第五级。

你发现很多事情，都是自己一个人完成的。

一个人联系搬家公司，从城北搬到城南；一个人订机票，做出行攻略，去喜欢的陌生的地方；一个人逛街买衣服，然后吃火锅；半夜发高烧，一个人打车，去医院挂急诊。

你的口头禅是：我是自己的男朋友。


第六级。

你虽然是一个人，但是你并不觉得孤单。

你能经营好自己的小日子，也能照顾好自己的小情绪。

你懂得享受生活，周末会自己在家做饭，从超市买菜回家的路上，还会顺带给自己买束花。

你有很多兴趣爱好，把生活安排得满满当当的。跑步、游泳、看电影、看书、画画，都是你的日常。

每天忙碌的生活让你觉得很充实。你很享受现在的状态，甚至不希望有人来打扰。

你一个人过得真的很好，只是偶尔会觉得有点儿空荡荡。

第七级。

恭喜你，你又实现了一个质的飞跃。

你已经对爱情丝毫不感兴趣了。你坚信"脱贫"比"脱单"更重要，看到钱，比看到电视剧里的偶像还要兴奋。别人说你是"工作狂"，你也乐于把自己打造成职场女性。

你相信：钱比男人靠谱，票子比爱情管用。

第八级。

你已经从习惯孤独，变成了享受孤独。

你喜欢一个人戴着耳机散步，喜欢一个人去旅行，喜欢一个人去做很多事情。

你成了一个全能型选手：烧得一手好菜，修得一手好图；换得了桶装水，就连马桶堵了，你也能把它给疏通了。

看过太多的分分合合，你对爱情已不再抱任何希望。看到朋友圈有人公布恋情，你面无表情地点个赞；听说有人分手了，你内心毫无波澜，甚至还有点儿想笑。

第九级。

你从来没想过要找个男朋友。

你的朋友觉得你不需要男朋友。

好闺密总把你当作她的男朋友。

生活中，你十八般武艺样样精通；职场上，你混得风生水起，工资比同龄人高几倍。

你的化妆品全是大牌，衣柜里面也塞了不少衣服，迪拜、巴黎等世界名城你都去过。和那些有对象的女生比，你去的餐厅比她们高级，买的东西比她们大牌。你把自己养得比她们高贵多了。

别人问你，为什么不找个男朋友？

你回了一句："钱我会挣，架我会打。找个男友我还要当儿子养，万一对方变心了，显得我多掉价！"

第十级。

恭喜你，你已经成功修炼到最高等级！

此刻的你，已经很多年没谈过恋爱了。路上碰到好看的男生，你都懒得多看一眼。

你永远是一张冷淡的"禁欲脸"。要不是每月一次的"大姨妈"，你都怀疑自己是不是提前进入更年期了。

你已经做好单身一辈子的准备，目前的打算是：趁年轻，多赚钱，以后找个好一点儿的养老院。

蔡康永说："如果那个人不能让你的生活变得更好，那你凭什么要为他放弃自己的单身生活？"

不是没你不行，而是希望有你更好。

如果你不能让我过得更好，那我还是继续单着吧。

毕竟低质量的恋爱，不如高质量的单身。

# 年少朋友成群，现在孤独如雪

## 01

昨晚，朝朝给我发来微信，只有四个字："我好想你。"我回："我也是。"

朝朝比我大一届，大学毕业后回了老家。我们有大半年没见过了，期间聊过几次微信，但都没说几句。以前每天都要见上三四回的朋友，原来也可以这么久不联系。

我问朝朝："你过得好吗？"朝朝说："不好！"

朝朝回老家考教师资格证没考上，然后进了当地宣传部做了公务员。体制内的年轻人，做什么都要分外小心。

朝朝问："大家怎么样？"我说："还好，其实我也不是特别清楚每个人的状况。毕业季，各奔东西，散落四方。"

人啊，总是越活越孤独。深夜难眠，才发现年少朋友成群，现在孤独如雪。

## 02

你很难说出你的第一个朋友是谁。因为小的时候，我们总是分不清朋友和同学的区别，可能经常和谁一起放学回家谁就是我们的朋友。等稍微长大些，你渐渐发现你和有些人特别聊得来，你会把从家里带来的零食分他一半，你会在难过的时候向他倾诉。你们像情侣一样，吵架了又和好，然后又吵架，又和好。你们一起偷偷在厕所抽烟，在走廊看隔壁班班花走过，一起看书，一起去电影院。

这个世界上知道你秘密最多的人，应该就是你的朋友吧！年轻的时候，可以没有爱情，但不能没有朋友。朋友不会分手，但总会分别。后来，你去了陌生的城市读大学，那些熟悉的面孔渐渐只能出现在朋友圈里。

他问你："过得好吗？"

你说："好。"

你问他："在那边习惯吗？"

他说："还可以。"

生日的时候，你还是会收到他的礼物，节日你也会给他发个红包。你们还在联系，只是彼此的话题越来越少了。你们有了不同的圈子，也有了不同的朋友。

你和新朋友一起吃烧烤、K歌、旅行……生活一切如故。由于大学时光无忧无虑，你们显得十分亲密。总以为毕业遥遥无期，但转眼还是各奔东西。

## 03

你一个人拖着沉重的行李箱爬上远方的火车；你一处处去看房，一个人搬家；你马不停蹄地找工作，想要在这座城市站稳脚跟；你和单位同事的关系还不错，但没有好到无话不说，下班走出电梯，客套地说完再见，各自赶回出租屋。

心情好的时候，煮碗热面；难过的时候，啃两口冷面包。每天的生活还是和以前一样——吃饭，逛街，睡觉，不过是从一群人变成了一个人。

孤独，就是把原先一群人做的事，变成现在让你一个人去做。孤独，犹如一股洪流，劈头盖脸地向你冲了下来。你还活着，只是很多事都要独自面对。

# 越精明的人，越不适合谈恋爱

## 01

"为什么我还是单身？"

"因为你太精明了。"

"为什么我每次恋爱都维系不了太久？"

"因为你太精明了。"

周边情侣分分合合之后，我悟出了这样一个道理：越是精明的人，越不适合谈恋爱。

## 02

在男朋友无意间说出"其实，我对我前任更好"这句话之后，小夏突然觉得男朋友没那么爱她。

　　小夏之前谈过一次恋爱，对方对她一直不冷不热，没过多久小夏就和对方分手了。因此，当小夏遇到现在的男朋友时，总觉得男朋友对她特别好。

　　小夏总对我们说："也许遇到他，我花光了自己所有的好运。"

　　圣诞节那天，刚从外地出差回来的男朋友给小夏带了一条围巾，并且贴心地给小夏系在了脖子上。

　　看着男朋友细心地给自己系围巾的模样，小夏忍不住对男朋友说："你对我真好。我有种预感，要是以后我们分手了，我可能再也遇不到像你对我这么好的人了。"

　　那天男朋友不知哪根筋不对，突然回了句："我对你其实还不算好啦，我对我前任才叫好。"

　　男朋友想要表达的意思可能是："我现在对你还不够好，我还有更好的时候。"但从那以后，小夏就总觉得男朋友对她不够好。当男朋友送她礼物时，她便想男朋友肯定送过前任更多更好的礼物；当男朋友帮她洗头时，她就想眼前这个温柔的男人曾经也是这样帮那个女生擦头的吧，甚至更加温柔。小夏整天都在琢磨一个问题："他对前任到底是怎么个好法？捧在手心怕碎了，还是含在嘴里怕化了？"

　　朋友安慰小夏说："他就算对前任再好，也是过去的事了，你又何必再为难自己。"

但小夏还是闷闷不乐："我不是说他现在对我不好，只是他这么说了之后，我就感觉自己内心有某种东西突然破灭了。我宁愿不知道这件事，糊里糊涂反而更好。"

## 03

朋友章章也遇到过类似的事情。

章章说，自己的女朋友有个小盒子，里面放了些以前的物件。有一次，章章忍不住问女朋友里面都装了些什么东西。

女朋友说："里面是高中的同学录、毕业照，还有一本和初恋的画册。"女朋友怕章章不高兴，赶紧说道："你要是不喜欢，我把画册扔了。"

章章倒很大度地说："扔了干什么，毕竟爱过，留个纪念也不错。"

有一次，女朋友回老家了。章章一个人在家收拾屋子，无意间翻到了那个盒子。章章还是没忍住打开了那个盒子，最上面就是那本画册，封面上稚嫩的女朋友站在男孩身后，笑得好甜。那是女朋友17岁的时候。章章没有继续翻看，而是合上了盒子，并将其搁回了原位。

章章给我们讲这个故事的时候，我们问他："为什么不继续翻看那个盒子，是因为尊重女朋友的隐私吗？"

章章说："有这方面的原因，但更多的是我怕看了会难过。画册里是什么东西，我不用看都知道。明知道看了会难过，还不如不看的好。反正都是过去的事情，为什么要翻出来惹自己不痛快。"

## 04

恋爱是两个人交心的过程，但交得太多反而不好。仔细观察周围的恋人，你就会发现，那些关系稳固的恋人多少都有点儿"笨"。

有些人，不管准备开始一段恋情也好，还是维护一段情感也罢，他们一直都保持着高度的精明。爱情的开始多少都带着一点儿功利性，而精明的人却一早看穿，拒人千里之外。精明的人，在恋爱的过程中，喜欢刨根问底，把对错分得一清二楚，一旦觉得苗头不对，马上就福尔摩斯上身，连对方的前任喜欢什么颜色的内裤都要问个清楚。可爱情不是高考，太精明了反而会失去乐趣。

谈恋爱，傻一点儿才更好。你觉得对方爱你，那就是爱你，无须去对比分析。两个人都对彼此有所保留和亏欠会更好。精明做事，糊涂恋爱，这样才会快乐一些。

# 我宁可你单身孤苦，也不要你遇人不淑

## 01

和朋友聚会聊天时，突然聊到了燕灿。

"大家伙都谈过恋爱，也就燕灿一直单身。我们要不要帮忙给她介绍个对象啊。"微微这么一提议，大家立马就讨论开了。

A说自家表哥研究生刚毕业，也在找对象；B说自己班的体育委员一米七八；C说自己发小老实可靠，适合做男朋友……很快，朋友们半开玩笑地罗列出十来个适合的人选，只有我默不作声。

微微看了我一眼："你和她关系最好，怎么一点儿都不急，难不成你打算把她带回家？"

我赶紧摆了摆手，然后说道："燕灿目前的状态，还是单身比较适合。"

微微半笑半怒地说道:"你这人怎么老是希望朋友单身啊。"

"天地良心,我不是希望大家单身,而是比起脱单,我更担心大家是否过得真正开心。"

燕灿这姑娘不知道是故意装疯卖傻,还是青春期发育迟缓,反正怎么看都是个不谙人事、情窦未开的小女孩,很难想象她谈恋爱会是什么样子。什么时候该谈恋爱?我想,应该没有一个确定的时间点吧。心智成熟,遇到自己喜欢的人,早一点儿恋爱也未尝不可;天性幼稚,自己都还是个孩子,这样的人还是晚一点儿恋爱比较好。

## 02

比谈恋爱更重要的是找对人谈恋爱。这年头,想谈一场恋爱一点儿都不难,看看交友软件,到处都是情感饥渴的人在寻求对象,只要你肯低下身段,大肆向周围人发出希望脱单的信号,对象用不了多久就会有了。

爱人没什么了不起,爱对人才了不起。比起那些在感情中深受伤害、痛不欲生的人,单身简直就是万幸。

小冉的初恋是班上的同学,男生长得阳光耐看,性格也不错,大一开学不到一个月,两个人就走到了一起。刚进入大学的新生是这个世界上最渴求爱情的"生物",压抑了多年的荷尔蒙终于可以尽情地宣泄了。

可在一起没多久,小冉就发现男朋友经常和一个女生聊天。男生支支吾吾地解释说,对方是自己高中时候的女朋友,高考过后就分手了,但对方一直缠着他不放,现在对方一个人去了新的环境,没有朋友,挺可怜的,自己不忍心太绝情。

小冉听后,觉得合情合理,也就没再问,她给男朋友一个月的时间处理好这件事情。

正当小冉觉得自己的行为优雅大方又不失力度的时候,那个女生加了小冉的微信。小冉心想,这女生缠着前男友不放手也就算了,还追到自己这里来了。于是,一场对骂就这样开始了。

第一回合的骂战是小冉赢了,毕竟新生辩论赛"最佳辩手"的称号不是白拿的。可第二天,小冉就傻眼了。那个女生在学校贴吧发了很多小冉的消息,说小冉勾引自己的男朋友。小冉的照片也被女生贴在了学校贴吧上面。小冉因为前不久在辩论赛中获奖,本就小有名气,这样一来,更是彻底出名了。

小冉找到男朋友,男生也只是一个劲儿地道歉,帮着小冉骂自己的前女友。

## 03

当天晚上，小冉主动找了那个女生。意料之中，两人又吵了起来，不过这一次，两人吵得比较明白——她们知道了事情的真相。

高考过后，女生留在了家乡上大学，男生则来到了现在的学校。男生和女生并没有分手，只是男生想着两个女生隔得这么远，也不会被察觉，便开始了"脚踏两条船"的生活。可后来"船"还是翻了。男生对小冉说对方是自己的前女友，一直缠着自己不放；对那个女生说小冉是自己的同班同学，一直在追求自己。

最后，"前女友"和"同班同学"都知道自己被"渣男"骗了。女生删了帖子，重新开了帖子给小冉道歉。"渣男"的面目被揭穿了，但带给两个姑娘的伤痛却难以消除。

小冉刚读大学就遇到这种事，以后的日子可想而知。从那以后，小冉就很少去上课，因为不想看到"渣男"；学校的活动和比赛也不愿再参加，毕竟大家都认得她。小冉从一个活泼开朗的女孩变得闷闷不乐，整天待在宿舍不愿出门。

如果没有那场恋爱，小冉的大学生活一定会完全不同，即使没有爱情，她一个人依旧可以活得很出彩。

## 04

看《爱情连连看》时，有一期节目中来了一个特别单纯的姑娘，男嘉宾们一直留灯到最后。到最后女生反选的环节了，主持人对留灯的男嘉宾说："大家可以看出来，女嘉宾是一个特别单纯善良的姑娘，因此才会有这么多男嘉宾留着灯。但是我想告诉诸位一句话，'如果你们不能完全付出真心，那么请把灯灭了吧！'"

主持人看得出来，留灯的嘉宾中有很多只是抱着试探的心态，根本谈不上有多喜欢这个姑娘，而这个姑娘对伤害的承受能力明显低于大多数人。

作为朋友，我当然希望身边的每个人都能寻得一人心，然后白首不分离，但人心复杂，真假难辨，谁能保证感情永远不变质呢？单身的时候，你可以与自己好好相处，照顾好自己的情绪，或三五好友相约，或家人相聚，也算是一种小幸福。当你决定投入一段恋情的时候，就是走向人生新阶段的时候。新东西之所以迷人，就是因为未来的无限可能。因为爱，所以希望被爱，而未知的"爱"与"被爱"，都是你人生的考验。

爱人没什么了不起，爱对人才了不起。我宁可你单身孤苦，也不愿你遇人不淑。

# 比婴儿肌更重要的是少女心

## 01

当王姐告诉我，她的年龄比我大一轮的时候，我有点儿不相信。从长相来看，她也就大我五六岁的样子，不过如果从性格来看，说她比我年轻几岁也不为过。

说她保养得好吧，一点儿也不像。她平时上班都是素颜，即使出差也只会涂个口红。这样的性格，应该不会在脸上花太多时间和精力。除了保养那就是打扮了，但王姐每天穿得都很简单、很随意，标准的女记者模样。思来想去，我终于找到了原因：心态好！

王姐老说自己是"中年大妈"，但她绝对是我见过的心态最好的"大妈"。虽说她是栏目组的制片人，但一点儿架子都没有，出了错，就像小学生一样乖乖地给领导认错；吃饭的时候，和我们一起聊八卦、美食、电影；每天说的最多的不是婚姻与家庭，而是哪家的菜特别好，哪个地方值得去玩，某某长得真好看。

每次做完片子，王姐总是对我说："你这标题太生硬，不接地气，你要多加点儿'厉害了，我的姐'这样的网络用语。"每次听她审片子，我都会觉得，这位比我大一轮的姐姐，思想比我还年轻。

或许在王姐心里，自己就是一个二十多岁的小姑娘，虽然嫁了人，当了妈，但仍然保持着那颗少女心，用那样的方式对待身边的人，用那样的心态去生活。

当你学着用二十多岁的心态去生活时，生活也会给你二十多岁的样子。

## 02

女人都怕老，过生日永远都是"18岁"。你可以在蛋糕上只插18根蜡烛，却不能让自己永远停留在18岁。既然不能变年轻，那就努力显年轻吧！能让一个女人显年轻的，似乎只有两种东西——婴儿肌和少女心。前者易逝难求，后者却易得。

钟丽缇在第三段婚姻中嫁给了小自己12岁的"小鲜肉"。

不少女生都羡慕年近五十的钟丽缇还能那么年轻。其实钟丽缇在刚离婚的时候是特别显老的，皮肤松弛，身材走样。但她后来整天和两个小女儿待在一起，被孩子感染了，心态也就变好了。她开始重新打扮自己，坚持健身，没过两年又"美"了回来。

美国著名超模卡门·戴尔·奥利菲斯在83岁时还在T台走秀，堪称传奇。除了满头银发和皱纹，她在其他方面完全如同一个少女。

## 03

当你在内心告诉自己"我还很年轻"的时候，你自然会按照年轻人的方式去生活。但如果你在内心告诉自己"我已经很老了"，那么你也会按照大多数中年人的生活方式去生活。

我妈在过完33岁生日的时候，就觉得自己很老了。陪她去买衣服，她会主动地走到中老年区；每当我爸给她挑选漂亮的裙子时，我妈就赶紧摆摆手说："这不是我这个年纪穿的。"然后起身去挑了一件中老年人最喜欢的印花短袖。我爸总是忍不住说她："谁告诉你衣服一定要分年纪的，只要穿上好看，无论你多少岁都能穿！"我爸说得对，我妈身体还没老，心却已经老了。她不断暗示自己"我已经老了"，然后放弃自己应该有的样子，让自己"加速衰老"。

后来，我妈在36岁的时候，做了高龄产妇，生了我妹妹。都说女人生了孩子会变老，但我妈自从生了我妹妹之后反而变得更年轻了，买衣服不再往中老年区跑，年轻人流行的花色和样式她也想尝试。我问她："你现在怎么比以前会挑衣服了啊？"她抱着妹妹对我说："每次看到你妹妹，我就觉得自己还是个4岁孩子的妈妈，自然要穿年轻些！"

## 04

再贵的眼霜也不能保证不长皱纹，再好的面膜也补不齐流失的胶原蛋白。能让你保持年轻的，不是婴儿肌，也不是玻尿酸，而是少女心。

什么是少女心？少女心，不是已经成人却还不断犯低级的错误，之后还一脸无辜地说"宝宝不是故意的"；也不是穿件大龄童装，抱个Hello Kitty一脸"萌"。少女心，是永远保持当初的纯真、倔强、梦想和情怀，是不断告诉自己："我还年轻，我的生活还可以折腾，我还可以和好姐妹聊八卦，和朋友谈爱情和梦想，我的生活还有无穷的可能性……"

希望你到80岁的时候，即使头发花白，皱纹满脸，也能活力满满，拥有少女心。

## 我更想做在你怀里撒娇的小公主

### 01

"说实话，我是不是长得很丑？"微信那头，小染给我发了这样一条消息。

我愣了下，这小姑娘是收到整容医院的电话推销了，还是吃了过期感冒药，怎么突然这么怀疑自己。

打趣一番后，小染回归正题。

前两天公司聚会，席间几个女孩谈起了自己的感情经历。小染发现，除了自己之外，每个姑娘都被人追过。为了面子上过得去，小染瞎编了个追求者，糊弄了过去。

晚上回家后，小染越想越难过，觉得自己二十多年来，从来没被人追求过，简直太失败了。"我是不是性格不够活泼可爱，不像别人一样可以和异性打成一片？我是不是能力不够突出，总是不能被别人记住？我是不是太普通了，所以吸引不到异性的关注？"最后一通思考下来，小染得出一个结论——自己长得太丑！

我问小染："你觉得你身边的朋友比你好看吗？"

小染说："和她们相比，我还是有自信的。"

"那就对了，既然她们都有人追，你能说自己比她们丑吗？"我安慰道。

没人追不代表长得丑。有些姑娘的男朋友白送给你，估计你都不想要。

## 02

虽然没人追不代表自己不够好，但大多数女孩都是渴望被人追求的。

朋友说，有没有人追和想不想谈恋爱是两回事。有没有人追是魅力问题，想不想谈恋爱是选择问题。女生不一定想谈恋爱，但肯定是希望有人追的，而且追求者越多越好，质量越高越开心。

三喵说："我也想有人追啊！"三喵今年28岁，从上一段恋情结束到现在，已经独守空窗五年了。她以前做金融，在一家投资公司上班，收入不菲；近两年又投身最火热的互联网行业，在一家互联网金融公司做副总监。在经济上，三喵完全不需要男人来养——去年刚买了个小两居，车也有了，出国旅游也不是问题，梳妆台清一色的雅诗兰黛、SK-II、香奈儿……偶尔看上某款大品牌的包，心一横，买下来，也不是问题。

经济上不需要男人来养，思想上也不是没有寄托，毕竟这是一个初中时就抱着《国富论》啃得带劲儿的"女汉子"。别人追"玛丽苏"电视剧时，她已经在给电影写影评了；别人开始看电影时，她已经追起了话剧……

我们会理所应当地认为，像三喵这种内心充盈、精神独立、有钱有貌的女生完全不需要男人。可有一天三喵突然给我发来消息："小弟，今天翻到你之前写的一篇文章，心情有点儿低落。其实啊，我也渴望被人追。太过普通的男人，自己识趣，不会主动高攀；比我优秀太多的男人又看不上我；身边条件差不多的，也不愿意找一个太过强硬的女人。"

那天，我和三喵聊了很久，印象最深刻的，是她说："有的时候，半夜从梦中惊醒，突然希望枕边能躺着一个男人。哪怕他平庸无奇、相貌粗鄙，我也愿意。只要是个活着的身体，我就认了。"

虽然我也能成为无坚不摧的女英雄，但我更想做在你怀里撒娇的小公主。

林忆莲在《不必在乎我是谁》里唱道："女人若没人爱多可悲，就算是有人听我的歌会流泪，我还是真的期待有人追，何必在乎我是谁。"

王菲在《笑忘书》里唱道："有一个人保护，就不用自我保护。"

果敢如林忆莲，洒脱如王菲，两个站在华语乐坛最顶端的天后都免不了顾影自怜，更别说他人了。

一个人东奔西走，孤独如雪，蓦然回首才发现，并没有人在阑珊处。无人与我立黄昏，无人问我粥可温。到最后你才发现，竟找不到一个人能和自己共白头。

## 03

我知道你一个人也可以过得很好。你有自己喜欢的工作，跟同事的关系也还不错；有几个朋友，没事聚在一起逛街吃饭；有喜欢的"爱豆"，追追他们的电视剧，也能打发一下无聊的时光。但你还是希望身边有个人，自己能枕在他的臂弯，一起看完一部电影，然后他亲吻着你的额头，搂着你入睡；也想有那么一个人，在你生病的时候，端一杯热水在你面前，摸着你的额头，问你好点儿了没。

我知道你一个人也会看书、画画、跑步、练马甲线；一个人也能出去走走，四处旅行。但你也希望有一天能和那个人一起，拖着两个一样的行李箱，去埃菲尔铁塔下散步，去挪威的小岛看极光，去富士山下拥吻……

《大话西游》里有句台词："我的意中人是一位盖世英雄，有一天他会身披金甲圣衣、驾着七彩祥云来娶我。"但这么多年了，那个英雄也许是迷路了……

不是没你不行，而是有你更好。很多事情我都能一个人做好，但是谈恋爱这件事，抱歉，我一个人真的做不到。我也想有个人陪我看星星、看月亮，从诗词歌赋谈到人生理想，陪我在阴天去看海。

"我一生渴望被人收藏好，妥善安放，细心保存。免我惊，免我苦，免我四下流离，免我无枝可依。但那人，我知，我一直知，他永不会来。"——《时有女子》

## 除非互相喜欢，否则只有心酸

### 01

你一定有过喜欢的人吧。

你可能向对方直接表白或者旁敲侧击各种暗示过吧。

你或许会被对方委婉拒绝，甚至直接表示看不上你。

你一定问过自己："为什么我这么喜欢他（她），他（她）却不喜欢我？"

你骂他（她）傻，其实自己比他（她）还傻。

这个世界上最傻的问题应该就是："我喜欢他（她），他（她）为什么不喜欢我？"

爱是一个人的事，爱情是两个人的事。很多时候我们想要的不是爱，而是爱情。如果想要的是爱，那么大可不必在乎对方和他人左拥右抱，对自己冷眼相待，任凭自己在这场感情的独角戏里"自嗨"即可。大多数人的爱都是自私的，目的明确：通过我对你的爱，让你成为我的人，然后你也像我爱你一样爱我。没有人希望自己的付出得不到回报，没有人希望自己的爱得不到回应。

## 02

单相思的人是情感战场上的失败者，他们往往喜欢书写最华丽的悲壮，以彰显自己的伟大。

我曾经有个同桌，他喜欢上了我的朋友。因为两人都和我很熟，所以我这个中间人很清楚地知道双方的感受。

男生追女生的惯用手段就是在追求期间全天候开启暖男模式，时不时再来点儿浪漫和小惊喜，最后再不行就开始死缠烂打，摆出一副"不破楼兰终不还"的架势。其实这些手段都很俗，但这些俗套手段对当事人来说，每一件都饱含着自己的辛劳和爱意。为了买好一点儿的礼物，男生吃了半个月的老干妈；一封1000字不到的情书，是男生熬夜写了很多遍的终结稿；每天的早安短信，是他定好闹钟，强打起精神，眯着眼睛发完的。

我问我朋友："你喜欢他吗？"姑娘摇了摇头。

我问她："你感动吗？"姑娘又摇了摇头。

过了一会儿，她忍不住说："我跟你说，你别告诉他。其实现在我甚至有点儿烦他，他早上发的短信我看都没看。"

一个每天"为伊消得人憔悴"，一个却像个没事人一样；一个自以为感天动地，一个却无动于衷甚至觉得厌烦。你们不要觉得这个姑娘心狠，其实你喜欢的人对你可能比她还狠。不爱就是不爱，任你怎么做，对方还是没有感情。

强撑着困意每天准时给对方发晚安，却不知对方下一秒就在问别人"在吗"。你提醒对方下雨了要带伞，感冒了要吃药，对方不是三岁小孩，你说的这些他都知道，如果对方喜欢你，这些话就是情话；如果对方不喜欢你，这些话就是废话！

他在你心中是如意郎君，你在他心中只是零点短信、天气预报；他在你心中地位特殊，与众不同，和别人都不一样，你在他心中和其他追求者没什么不同，你们有个共同的名字——备胎，只是顺序先后不一，转正概率大小不同。

## 03

你知道他为什么不会感动吗？

第一，他可能不知道你为他做了什么。

你为他哭了一整晚，请问，你告诉他了吗？他知道吗？你为他深夜买醉，醉到夜深人静独自愁，你对他说过吗？他知道吗？你自己想想，那些你做过的让自己感动的事情，有多少是他知道的。你那些模棱两可的矫情动态，知道的以为是心情，不知道的还以为是歌词；你说你又在买醉，他以为你和朋友刚唱完KTV；你想他想到半夜不睡，他却以为你从来不困。你那些自以为是的感动，他从来都不知道，又怎么会被你感动！

第二，你喜欢渲染，他喜欢简化。

说真的，每个人向别人倾诉自己的感情史时，总会无意中强化自己的弱势地位，增加自己的悲剧色彩。而对方恰恰相反，总觉得喜欢自己的人根本没有为自己做太多。比如我那个朋友，姑娘不知道男生送她的礼物是他省吃俭用买的，还以为是他的正常开销；不知道她每天收到的早安是男生全身心的投入，还以为是他用手机设置的定时发送。

第三，没有感情，谈何感动。

能让我们感动的，往往是我们喜欢的人。感动是基于感情基础的，没有感情基础的感动只是暂时的、浅面的，时间一长就会被忘得一干二净。如果对方不喜欢你，任由你做得再多对方也不会感动；即使有那么一瞬间的触动，也会很快消失。这就是为什么每次你讲起你的付出时，你的朋友总会热泪盈眶，替你抱不平的原因。朋友是了解你的，他们和你有感情基础，容易被你感动，但换成和你没有感情基础的你喜欢的人，就不一定了。

感情是这个世界上最不讲公平、最不讲逻辑、最不讲理性的东西了。"付出就会有回报""将心比心""日久生情",这些在感情里通通行不通。除非互相喜欢,否则都是心酸。

我们都曾是那个义无反顾,不计尊严的傻瓜;都曾在半夜干一杯烈酒,叫嚣着爱也要放手;都曾肝肠寸断,痛彻心扉。不过这样也好,不错爱几个人又怎么能遇到对的人。

## 你可能一辈子也遇不到喜欢的人

### 01

"你怎么还是一个人？"

"因为没遇到喜欢的。"

"你喜欢什么样的？"

"我也说不太清楚。"

这样的对话，可能经常出现在你和刚认识的朋友之间。

在别人看来，你性格活泼，长得也不丑，不该是找不到对象的那种。但是只有老天知道，你怎么单身了那么久。别人以为你有很多暧昧对象，其实你孤独得像狗。

刘若英在《一辈子孤单》里这样唱：

我想我会一直孤单

这一辈子都这么孤单

我想我会一直这么孤单

这样孤单一辈子

喜欢的人不出现

出现的人不喜欢

那么到底什么样的人才是你"喜欢的人"？

别人不知道，你自己心里其实也没谱。

你想找个对你好的，但遇到对你好的，你又说对他没感觉。你喜欢幽默风趣的，但碰到个经常逗你乐的，你又觉得太会"撩妹"的男生不靠谱。你喜欢成熟稳重的，朋友把同事介绍给你，你又嫌弃对方太过木讷。

后来，你好不容易遇到一个各方面都符合你条件的，和你聊得也还不错的男生，结果却发现对方已经有了女朋友。算了，做不成情侣，做男闺密也不错。

## 02

遇到一个喜欢的人，为什么这么难？因为其实我们自己都不清楚，什么样的人才叫"喜欢的人"。

你有很多很多的标准，但每次按照这些标准找到的人，却总还差那么一点儿感觉。

想要一件心仪的衣服，只需把要求告诉店员，一般都能找到。可不管你把对另一半的要求描述得多么细致，最后找到的那个人，还是不能让自己满意。

这年头，不管你描述得多么清楚，最后还是不如意的，除了对象，就剩发型了。

## 03

但凡可以有个人陪着，谁愿意一个人过。只要一个人也可以过得很好，就不再愿意随便安身。

喜欢的人多了，也就越来越喜欢单身了。

不用再每天去揣摩对方的心思，逐字逐句地分析两人的微信聊天；不用再患得患失，担心失去谁。

以前我们喜欢一个人，真的好用力啊。

可以每天绕一个小时的远路回家，只是希望能够和对方偶遇；可以省吃俭用好几个月，只为给对方买一个生日礼物；可以大半夜抱着手机不睡觉，只为跟对方说一句晚安；也可以放下所有的骄傲，只求对方不要和你分手。

那些难过的、丢人的、心酸的、受尽折磨的、彻夜难眠的、被眼泪打湿了的日子，终会被我们一点点地搁置。

不再介意孤独，孤独比爱着人舒服。

单身久了，发现自己好像很难再爱上一个人了。

以前遇到喜欢的人，还会小鹿乱撞，后来，慢慢地变成了不为所动。估计是撞的次数多了，小鹿被撞死了。

以前喜欢一个人，可能是那天他穿了一件你喜欢的白衬衫；后来不管遇到的脸蛋有多好看的，都只有无感。

以前会千方百计结交朋友的朋友，只为打听一个人的QQ号；现在大家都在一个微信群聊天，却懒得主动加好友。

如果仔细观察，你会发现：

长得越丑的，单得越久；年龄越大的，单得越久。

谈得越多次，单得越久；被伤得越深，单得越久。

想得越多的，单得越久；看得太透的，单得越久。

## 04

电影《一夜惊喜》里面，范冰冰饰演的外企高管米雪，在生日聚会那晚哭着说："我都32了，我不想一个人孤独到老。"

无心恋爱，却又害怕孤独。

有多少人都这样矛盾着。

明明已经习惯一个人吃饭，看电影，上下班，还是希望能有个人陪着；明明可以自己赚钱买喜欢的东西，仍然希望收到礼物；偶尔会希望到自己老了的那天，手里握着的不是冰冷的拐杖，而是一双温暖的手。

一个朋友在生日聚会的时候，发出这样的感叹："我都25岁了，还没谈过恋爱，我真的好担心一辈子都遇不到喜欢的人。"

另一个朋友安慰她："你才25岁，来日方长，急什么啊。"

25岁，放在整个人生中，是挺早的。但谈恋爱，不就是在二十多岁的时候吗？哪有一辈子可以去等待。爱情只有这十几年，一旦错过，真的有可能就是永不再会。

但是，就算是单身也别盲目地去寻找爱情。一旦着急，很容易选错对象。

看了下头像，就觉得是自己喜欢的类型。微信上聊了几句，就觉得遇到了对的人。见过几次面，吃了几顿饭，就想着厮守终生。

可热情过后，发现对方脾气暴躁，彼此性格不合。着急和你在一起的人，多半也只是玩玩暧昧。

四季轮替，你觉得累吗？面对黄昏，你还有信心吗？

## 05

如果每天晚上都能在11点前睡觉，你会发现世界简单许多。

年轻时，别害怕一个人睡，也别害怕一个人生活，多把心思花在学习和工作上，多和朋友聊天聚会，多出去走走。

能遇到那个人最好，遇不到，也没什么大不了。

## 不是你不配，是你表白对象没挑对

## 01

工作室组织骑自行车郊游。盛夏黄昏，蹬着自行车，风从耳旁呼啸而过，兴致好时，便拿出手机，与周围的人合影，然后传到空间相册。晚上，正准备睡觉时，小希给我发来消息：

"今天你上传的第三张照片里，和你合影的男生是谁啊？"

"我们工作室的，和我一个部门的。怎么了？"

"没啥，我就问问。"

小姑娘这点儿心思，我还是知道的，于是跟她开玩笑说："看上了？"

"没有，就是看到你俩自拍挺好奇的。"

"我又不是只和他合影，你怎么不问其他人，只问他？"

　　小希没有说话，我也不好意思再逗她了，她想说的时候自然会说的。果然，没过一会儿，她给我发来一张照片，问我，是那个男生吗。

　　小希那张照片是隔着很远拍的，特别模糊，不过我还是能够确定就是那个男生。看样子这张照片应该是小希当时偷拍的，然后一直放在手机里，正巧今天她在我空间看到我俩的合照，知道我认识那个男生，于是找我打听消息来了。

　　"是他。老实交代，你偷拍了人家多少张照片？"

　　"真的是他啊？我今天看到照片时，就感觉是他。"

　　"快说，多长时间了？"

　　"上学期在图书馆碰到了，然后觉得不错，就偷偷拍了张照片，谁能想到你们居然认识。"

　　"不光认识，我和他还特别熟，要不要我帮你？"

　　"不要。"

　　"为什么？"

　　"没戏。"

　　"你都没试试，你怎么知道？"

　　"不用试都知道。"

　　"好吧！"

　　看小希这样子，我知道我当月老的机会是没有了，也就没再把这件事放在心上。

## 02

几天后，小希找我要这个男生的照片。她想要存到手机里，留着欣赏。我便给小希发了几张这个男生的帅照。

我知道小希是喜欢这个男生的，也知道小希为什么不愿意进一步认识这个男生——在小希心里总觉得自己配不上这个男生。其实，小希各方面条件都不错，但由于之前喜欢的两个男生都和她分手了，变得自卑起来，觉得自己不如其他女孩，像她这样的姑娘没有男生会喜欢。在我这个局外人看来，小希之前的两段感情之所以都无疾而终，真的不是小希自身的问题。不是小希不配，而是对方根本不适合她。

小希喜欢的第一个男生是学体育的，对方喜欢那种朋克型的女孩，小希这种乖乖型的小姑娘自然不合他的心意。小希喜欢的第二个男生是她的学长，对方明确说了，自己马上就要毕业回家乡工作了，这种情况不可能和一个还在读书的学妹谈恋爱。

之前大家也给小希分析过："不是你配不上对方，而是对方和你压根就不适合。你是外焦里嫩的'小鲜肉'，可碰巧对方是个'素食主义者'。任凭你味道再好，对方也不想尝一口。方向错了，你再优秀，再努力，再深情也没用。"

感情中的人都是傻傻的，很容易陷入自己造成的死局。刚开始喜欢对方的时候，总觉得自己很特别、很厉害，对方一定会喜欢自己的，可是一旦发现对方根本没把自己放在心里后，就开始极力否定自己："我不够漂亮，不够风情，不够妩媚！总而言之就是配不上对方！"

看到过这样一段话：

他喜欢喝白开水，碰巧你是瓶雪碧，你想成为他喜欢的，所以你拼了命的晃走自己身体里的二氧化碳。然后你看看自己像个什么。你只是瓶没了气的甜水而已，比起白开水你多了些甜腻，比起汽水你少了那份刺激。你之前不是他所爱，现在依旧不是。而对于原先喜欢你的人来说，你也不是之前那种味道了。

是啊，感情不可勉强，不管别人是否喜欢你，你都应该让自己保持真实。为了迎合别人而改变自己，很可能会得不偿失。

## 03

暗恋无果，表白失败，感情不顺，有的时候不一定是自己的问题。如果对方的历任都和你是同类型，而且个个都比你优秀，那么的确是你自己实力不够，入不了对方的法眼。但如果对方喜欢的根本就不是你这种类型，那么即使你再完美，在对方眼里也只是一个零而已。

　　有些时候对方不喜欢你，真的不是你的问题，而是对方的问题。南辕北辙，方向不对，努力白费。如果你是鲨鱼，就该在汪洋里寻找你的幸福；如果你是野马，就要在草原寻找你的爱情。有的时候，选择比努力更重要。这句话不仅适用于工作，在感情中也是同样的道理。

　　永远不要轻易否定自己，不要觉得自己是这个世界上最差劲、最失败的那个人。你要知道，自己是世界上七十二亿人中独一无二的存在。你也要相信，终有一天，一不小心，就撞上了和你看对眼的那个人。

第二章

所有的
遇见，
都是一种偿还

# 梦想和爱情，你想要哪一个

## 01

王悦对我说，她和她家傅哥哥和好了。傅哥哥不是别人，是王悦的前男友，他们恋爱四年，于半年前分手。听到王悦和她男朋友复合的消息，作为朋友的我特别高兴。这是半年来，我从她那里听到的唯一的好消息。

爱情不是催人拼命上进，就是让人不断堕落。王悦明显属于后者。

王悦和傅同学是大学同学，老家也在同一个县城。我们所有人都觉得他们以后一定会结婚，毕竟在学校的时候，他们就已经见过双方父母了。

王悦和傅同学各方面都很般配，但有一个最大的不同：王悦一直想着出人头地，爱自由、爱漂泊，是梦想穿着7厘米高跟鞋踏进豪华写字楼的工作狂；傅同学则安于平淡，是梦想下班之后打打麻将、遛遛狗的经济适用男。在学校的时候，两人性格上的差异还不会导致太多的冲突，但毕业后，问题就来了。

毕业前夕，傅同学通过了家乡的公务员考试，打算毕业后回家做基层工作。王悦同学却背着行囊，选择了去北京追寻她的导演梦。

我们问王悦："你去北京了，你的男朋友怎么办？你就不怕他被别人抢走了。"

王悦被我们逗乐了："你们又不是不了解我，我去北京只是圆个梦，以后回首往事的时候，也好吹牛说，姐是北漂过的人。我这水平，去了北京别人也不会要我，用不着三个月，估计我就回来了。"

但不知道是王悦低估了自己的实力，还是她运气不错，王悦实习公司的总监特别喜欢她写的文案，于是她便留下了。

王悦犹豫了，她去北京原本是打算让现实泼她一盆冷水，让她狼狈而归，然后安心地和傅同学回老家过一辈子，但没想到现实反而给她加了一把柴，让她那原本只是火苗的梦想，燃得更旺了。

5月，王悦回到学校，开始准备毕业的事情，至于毕业后的打算，她想等这段时间忙完后再和傅同学商量。可还没等到他们商量，她就和傅同学分手了。具体原因我们并不知道，但可以肯定的是和北京一事无关。

临近毕业，大家都心力交瘁，各种情绪交杂，王悦和傅同学于是谁也没管谁，就这样冷战着。等毕业答辩完，王悦看傅同学还没一点儿反应，一气之下，去了北京。原本打算和好的傅同学看到王悦走得这么决绝，什么也没说。两人就这样莫名其妙地分手了。

其实情侣分手，大吵大闹一顿反而更好，这样悄无声息、风平浪静地结束，其中有多少误会谁也说不清楚。更重要的是，这样的结束往往并不彻底，彼此心里都给对方留着后路，只是谁也不愿意先回头。

## 02

我们以为去了北京后的王悦，一定会像电视剧中的女主角一样，化悲痛为力量，从此断了情丝，一门心思扑在工作上，多年以后，功成名就，开着豪华跑车回来，羡煞众人。可惜生活不是电视剧，我们也不是自带光环的影视剧主角，现实生活中的我们要脆弱多了。

王悦在北京过得并不好，在抑郁的心情中，文稿写得也没有那么流畅了。有很多次，我们在晚上接到王悦的电话，接通后她的第一句话就是："我想你们了，我想回来了。"

王悦回来了，带着狼狈和耻辱。她去家乡电视台面试，台里招两个摄像一个记者。摄像只要男的；记者面试时，只有两个人进入了面试，一个是王悦，但另外一个实力比她强多了，王悦自然也就没有被选上。

后来，王悦去了婚庆公司做摄像，工资是保底800元加上提成。正逢淡季，公司一个月接了2个单子，王悦第一个月拿了1200元工资，除去房租，吃饭都要省着点。

好好的路是如何一步步走偏的，没有人会知道。

"当你老了，回顾一生，就会发觉，何时出国读书、何时决定做第一份职业、何时选定对象恋爱、何时结婚，其实都是命运的巨变。只是当时站在三岔路口，还以为是生命中普通的一天。"

辞职，考教师资格证，所幸，王悦最终考上了。因为不是师范专业，所以王悦被分配到了一所乡镇小学教语文。不过这样也好，朝九晚五，五险一金，寒暑假期，王悦这样安慰自己。

身为朋友，我们为她难过，因为不知道她是否喜欢现在的生活。大家都隐隐为她担心，怕她哪天突然想起曾经的梦想，后悔自己现在的选择。这种担心，一直持续到前天。

前天，王悦告诉我，傅同学知道她回来了，然后去她任教的小学找她。在那个破旧的小屋子里，王悦抱着他，一句话也没说，只是一个劲儿地哭。后来，两人就这样和好了。或许在心里，他们就没有分开过。王悦说，等他们稍微稳定点儿就结婚，然后在县城里买个房——从她学校到城里坐车只要30分钟。

我终于不再担心她后悔自己的选择，不再担心她某天突然惊醒，感觉自己碌碌无为，厌恶憎恨自己。我知道，只要她和傅同学在一起，即便以后一辈子都只能待在那个小县城里，相夫教子，安稳无波，平庸如多数，她也是幸福的。因为王悦对我说过："我有两个梦想，一个是做像李玉那样的女导演，一个是做傅同学的老婆。"

若有你陪伴，方寸之间，也是世界。

## 03

年轻的我们，总是那么贪心，梦想和爱情都想要，既想要天上的星星，又想要尘世的幸福。人生不如意事十之八九，我们不能什么都想要。梦想和爱情，两者都有那是最好，若只能得其一，也没什么大不了。其实无论最后拥有的是哪一样，都是一种幸福。

重要的是：你想好要拥有什么了吗？

## 有些人来到你的世界，就是为了伤害你

## 01

前不久，橙子跟谈了两年的初恋男友分手了。

男朋友是橙子的学长，两人在一起的时候，橙子大三，学长已经毕业，在深圳工作。刚恋爱那会儿，橙子没少往深圳跑，每个月的生活费和兼职收入，都换成了一张张从南京到深圳的硬座火车票。那时，橙子手机里单曲循环最多的一首歌是《漂洋过海来看你》。

终于有一天，橙子受够了这样的奔波，对男朋友说："你来上海工作好不好？反正上海和深圳都差不多，离我也近。等我毕业了，我也在上海工作，这样我们就可以天天在一起了。"可男朋友回复："上海太排外了，我喜欢深圳。"

没办法，为了所谓的爱情，橙子大四去了深圳实习，毕业后在深圳找了一份工作。

最初的生活还算甜蜜。两人白天一起挤地铁上班，晚上一起去小巷子吃最便宜的炒河粉，周末一起逛逛超市，去深圳湾骑自行车。虽然偶尔也会吵架，但从未生过隔夜仇，小情侣每晚都是拥抱着入睡。

橙子天天想着假期要去哪里旅游，下次男朋友生日要送他什么礼物，什么时候两个人才能在深圳买个小房。

可是突然有一天，男朋友云淡风轻地提出了分手。

橙子以为男朋友在开玩笑，转过头冲他笑了笑，可对方一脸认真地看着她，没说一句话。橙子知道，他是认真的。

"为什么？"

"因为我突然发现自己对你太认真了。"

"太认真了？那之前算什么？玩玩而已？"

"差不多吧！"

这句话犹如晴天霹雳，五雷轰顶。

橙子给我发消息的时候，是她分手后的第十天。

她问我："为什么有些人能说分手就分手？能够这么残忍地伤害一个深爱他的人？"

我不断打出又删掉一行字："有些人来到这个世界，就是为了伤害你的。"最后，我还是没敢发给橙子。

## 02

很多人被甩后，总是会问：

"他为什么要和我分手？"

"是不是我哪里不够好？"

"是不是我做错了什么？"

很多人也喜欢问："分手后，如何能够不难过？"

这个问题是没有答案的。分手后，经常是一个人哭得死去活来，另外一个人却释怀微笑；一个人还沉浸在失恋的痛苦中吃不下饭，睡不着觉，浑浑噩噩度日如年，另外一个人却和别人玩得正嗨。

爱情本就不公平，深情的人注定要被无情的人伤。

## 03

为了让橙子好过一点儿，我给她讲了一个故事。

我有个朋友大张，对朋友很是不错，但在女生面前却是个不折不扣的"渣男"。

大张的初恋是个超级漂亮的女生，长腿，卷发，狐狸一样的眼睛，妖媚十足。两人从高中开始恋爱，在一起三年。后来，由于在不同的城市读大学，两个人分手了。分手后的大张很是消沉，整天闷闷不乐。这个时候，桃子走进了他的世界。桃子长得不算特别漂亮，但不管是性格还是能力，都比大张的初恋好太多。

大张追求了桃子，桃子也觉得大张人不错，就答应了。那段时间，经常看到大张在朋友圈里秀恩爱，桃子对大张也特别好，每天在宿舍偷偷用电炖锅为大张做各种好吃的。但这段感情并没有维持多久，两个人在一起一年后，大张提出了分手，理由是没感觉了。

桃子发微信告诉我说："其实我知道，是我长得不够好看，不是他喜欢的那种。"

桃子没有说错。和桃子分手后的第一周，大张就和一个"辣妹"在一起了，不过好景不长，在大张给"辣妹"买完苹果最新款的手机和iPad后，"辣妹"就把他甩了。

"你说人心怎么说变就变呢？前一天我们还在一起开开心心吃饭，第二天说分手就分手了。他怎么舍得？前几天，有人向我表白，但我不敢答应。因为我真的不知道他说喜欢我是真是假，就像大张那样。"这段感情对桃子的伤害太大了，以至于现在她都心有余悸。

失恋对一个人最大的伤害，不是花费在那个人身上的时间和真心被白白浪费了，而是让一个原本相信爱情、相信美好的人变得胆小多疑，即使后来再遇到心动之人，第一反应不是惊喜，而是心有余悸。

## 04

人在一生中，会遇到许许多多的人。

有的人来到你的生命中，是为了做你的盔甲，保护你，免你惊、免你忧，比如家人。

有的人来到你的生命中，是为了在你受伤时，默默为你包扎好伤口，比如朋友。

而有的人来到你的生命中，只是为了给你捅上一刀，让你血流不止，痛不欲生，比如那个你爱过的人。

他们冷酷无情，极度自私，才不管你是死是活。他们只管享受爱情带来的快乐，享受完了，说分手就分手，说不爱了就不爱了，至于你以后该怎么办，与他无关，对你造成怎样的伤害，他从来就没有考虑过。

这样的人，注定是你生命里的过客。对于过客，我们何必放在心上，因他受到的伤害，只是我们成长过程中的作业而已。

## 爱的新鲜感，是和同一个人做不同的事

### 01

阿美和冬子分手了，是阿美提出的。

阿美觉得和冬子在一起太没劲了。冬子性格比较木讷，除了在追阿美的时候说过一次"我爱你"之外，就再没说过了。冬子不懂浪漫，节日送礼物，总是提前问阿美要什么，从来不会制造惊喜。"我想要的爱情是那种轰轰烈烈的，而不是这种不咸不淡的，和你在一起太没劲了！"终于，阿美因受不了而提出了分手。

分手后的阿美，很快又恋爱了，对方是一个酒吧驻场歌手。那个男孩满足了阿美对爱情的所有幻想。

懂浪漫，每天睁开眼就能看到对方发来的微信："宝贝，起床了吗？"

有新意，每天"亲爱的""老婆""美美""公主"变着花样的称呼。

阿美每天在朋友圈各种秀恩爱，感觉自己被男朋友宠上了天。然而，正当阿美沉迷在这段爱情中不能自拔时，男朋友劈腿了。

阿美出差提前回家，打算给男朋友一个惊喜，结果却收到了男朋友给自己的惊吓。阿美永远忘不了她推开门看到的那个画面。

阿美约我们出来喝酒，大骂男朋友没有良心。因为大家一开始就不赞成阿美和冬子分手，所以那晚，大家都没怎么说话。后来，一个朋友终于忍不住，向阿美骂道："你这是报应！冬子哪里对你不好了？你不是要激情、刺激、刻骨铭心吗？现在该刻骨铭心了吧！"阿美听完，哭得更厉害了，掏出手机，要给冬子打电话。我们拦住了——冬子前几天刚交了女朋友。

有些人，仗着有人喜欢，就肆无忌惮地挥霍爱情，等到对方真的死心了，才追悔莫及。

## 02

和现任在一起之后，张涛就开始怀念前任。

张涛和前任在一起三年，感情一直很好。正当所有人都以为他们能够继续走下去的时候，张涛提出了分手。张涛说："两个人在一起久了，厌倦了。有的时候走在路上，我总会忍不住看那些路人，想和他们有一万种可能。"因此，张涛草草地结束了这段关系，即使前任哭得死去活来，他还是头也不回地就走了。他给前任留下的最后一句话是："趁自己还年轻，我想去看看另外的生活。"

两个月后，张涛和现任开始了新的生活。刚开始的时候，一切都是美好的——新鲜、刺激。和前任在一起的时候，两人从不吵架，这让他觉得完全不像是在谈恋爱。现任不一样，每天动不动就生气，不哄上两小时甭想睡觉。前任很听话，张涛说去哪就去哪，时间长了，他觉得太没劲了。现任不一样，周末要去公园就去公园，才不管张涛加不加班；假日说要出去旅游就必须出去，也不问张涛加了一个月班累不累。

张涛开始想前任的好，开始怀念两个人在一起平平淡淡的小日子：下班一起吃饭，回家各忙各的；周五晚上一起逛逛超市，遛遛公园；周六一起爬山，周日在家看书。

可是再想又有什么用？恋爱又不是网购，可以让你申请换货。

## 03

有些人刚开始的时候想要一段平平淡淡的爱情，但时间一长，又开始讨厌墨守成规的生活，想要刺激，想要新鲜，想要换个伴侣。但是换了伴侣又能如何？说同样的话，听同样的歌，去同样的餐厅吃饭，去同样的公园散步，去同样的影院看电影……做的事还是那些事，走的路还是那些路，只是身边的人换了一拨又一拨而已。

两个人在一起久了，难免会让人觉得生活一成不变，刚开始时的新鲜和激情越来越少。很多人接受不了激情之后的平淡，于是有的吵闹着要分手，有的劈腿，有的则偷偷摸摸出轨，兜兜转转了一圈后才发现：没有哪段爱情的最后不是归于平淡。恋人换多了会麻木，恋爱谈多了，也会变得无所谓。

保持爱情的新鲜感，不是和不同的人做同样的事情，而是和同一个人做不同的事情。你们需要的是：一起去新开的餐厅吃饭，尝试从没吃过的菜系；一起去学习一样新的东西，彼此督促，共同进步；一起去一个彼此都不熟悉的城市旅行，看不一样的风景……一开始觉得平淡的生活索然无味，到最后却发现越是平淡的爱情越是难能可贵。

爱情最好的样子，不是享受短暂的新鲜和刺激，而是和那个熟悉的人一起把生活归于简单平淡，把浪漫融入一汤一粥和柴米油盐中。能陪你喝酒的人有很多，愿意给你做饭的人却没几个；能陪你散步的人有很多，愿意在家等你的人却没几个……

# 永远不要小瞧一个女孩的努力

## 01

小灿，是我朋友里面最努力的姑娘。以前我很不理解她的拼命，直到了解了小灿的故事。

小灿5岁的时候，父母离婚，小灿跟着爸爸生活。小灿的爸爸重男轻女，离婚后经常酗酒，动不动就拿她出气，一边打一边骂。后来，小灿的爸爸娶了新老婆，对方为他生了一个大胖儿子，小灿在家的地位就和看家的那条狗差不多了。

小灿在爸爸家过得不好，便去了妈妈那里。妈妈嫁到了外省，继父是个老实忠厚的男人，在工地做小工。继父的母亲是个凶巴巴的老人，总担心小灿在家长住，每次说话都用鼻子出气。小灿知道妈妈的日子也不好过，只待了一周，便主动要走。

妈妈送小灿去车站的时候，抱着女儿一边大哭，一边说自己没出息，对不住女儿。小灿上车后，发现口袋里多了三张皱巴巴的百元人民币。

后来，高考时，小灿选择了离家最远的海南省的学校，"海南是一座孤岛，就像我一样。"大学四年，除了过年学校强制清人外，她从不回家。其他姑娘下课后追剧聊八卦，她背着书包去兼职做家教，下班后再去肯德基打一份夜工；其他姑娘在男友怀里撒娇的时候，她一个人背对着城市默默流泪；其他姑娘在讨论哪款面膜最好用时，她却在一边啃面包一边算这个月又能攒下多少钱。大学毕业后，小灿留在海南，做了导游。因为态度好又会说，小灿的"回头客"很多，每个月收入都在万元以上。

有一次和小灿一起吃饭，发现她特别喜欢鸡翅，便问她原因。

"以前家里的鸡翅都是给我弟吃，没我的份，有一次我吵着要，还被我爸打了一顿。我现在都还记得，我当时一边往嘴里喂饭，一边呜咽的样子。现在我可以自己养活自己了，鸡翅想吃多少就有多少。"

哭着吃过饭的人，是能走下去的人。

## 02

之前做记者的时候，采访过一个姑娘，就叫她 G 吧。

G 农村出身，长得漂亮，典型的灰姑娘配置，在一个三本院校读编导专业。艺术院校的姑娘一个个打扮得都挺漂亮的，只要午夜钟声不敲响，没人分得清她们当中谁是真公主，谁是冒牌的灰姑娘。

G 的学校每年会给家庭经济困难的同学一笔补助，数额还不小。可学院最终把名额给了在学生会任职的几个同学，并没有给更困难的 G。虽然心里抱怨学院的不公，但 G 一直隐忍着没说。毕竟没有哪个姑娘愿意让别人看出自己的穷酸样。

那天晚上，G 接到家里的电话："你妈住院了，家里的钱用完了，下个月的生活费你先找同学借点儿吧，爸再想想办法。"颜面算什么？在饭都吃不起的时候，尊严太廉价。G 找到老师，说明了家庭的情况，老师了解情况之后，拍了下她的肩膀，答应帮她想办法。补助发下来的那天，G 留了点儿作为必要的生活开支，剩下的全寄回了家中。

当时，班上有个男生正在追求 G。男生个子高高的，戴圆款眼镜，是她喜欢的类型。不巧的是，G 的一个舍友喜欢那个男生很久了，但被男生拒绝了，正堵得慌，于是一把火烧到了 G 这里。舍友趁 G 不在的时候，当着全宿舍人的面"嘲讽"G 家里穷，说 G 也不看看自己的样子，想和那谁在一起，指不定是看上了对方，还是对方家里的钱……舍友永远都不会知道，当时 G 就站在宿舍门口。

G 没有和那个男生在一起。20 岁左右的女孩子内心敏感而脆弱，别人随意一口唾沫就能淹没她好不容易建起的高楼。

大学一毕业，G 就去了北京，在创业公司做行政。为了攒经验，不管哪个部门缺人手，她都跑去帮忙。白天的工作已经让人筋疲力尽，但她仍坚持每晚花 2 个小时在网上学网络营销、社群运营、心理学等各种课程。

工作第三年，G 考上了名校的 MBA。她在学校里认识了许多"牛人"，果断辞了职，选择自己单干。

我采访 G 的时候，她刚拿到 A 轮融资。我问她为什么要这么努力，她说："因为我爱钱啊！我真的是穷怕了。我害怕当自己再遇到喜欢的人时，却没有足够的资本和他并肩站在一起。"

## 03

我爸妈是做装修的，之前要给一个姑娘装修房子，我正好闲着无事，便跟着去了。

姑娘叫黄桃，30 岁的样子。其他人装修房子，都是一家人热热闹闹地来看着施工，而黄桃家却自始至终都只有她一个人。

有一天，因为材料出了问题，一直折腾到晚上11点才收工，黄桃有点儿过意不去，便拉着我们一家人去吃饭。饭桌上，我妈忍不住问道："小妹啊，这几天怎么都只有你一个人在忙啊？"黄桃那天喝了点儿酒，忍不住给我们讲了她的故事。

黄桃是陕西人，5年前跟着男朋友来到成都，一起挤地铁上下班，一起从西三环搬到东三环。去年，当黄桃打算和男友结婚时——两人连婚房都看好了——却发现男朋友和初恋搞在了一起。

男朋友说："我们分手吧，我发现自己还是忘不了她。这些年，算我对不起你。"

"刚和他分手的时候，我连死的心都有了。老家的亲戚特别瞧不起我，说我快30岁了，没车没房，还被甩了。"

黄桃的爸妈多次叫她回家乡，但她偏不。

"我才不要这样狼狈地离开，我就要留在成都，就在他眼皮底下，让他知道，没他我照样可以幸福。"

黄桃是做家电销售的，干得多，赚得多。之前，有个客户买了台饮水机，但那天商场的配送员不够，黄桃问客户，能不能明天再给她送货。客户不答应，说："要么当天送货，要么退款。"虽然饮水机不算特别重，但客户住的是没有电梯的老小区，还在6楼。黄桃一咬牙，答应了客户，告诉她自己下班给她送到家门口。

还有一次，有个小公司的副总要在黄桃这里采购一批冰箱。签合同的前一晚，大家一起去吃饭，对方递过来一杯白酒，嚷嚷着："不喝就是看不起我。"黄桃没办法，几口干了，过了一会儿去卫生间，自己悄悄催吐，一边哭一边吐。

那天晚上，黄桃在朋友圈发了动态："5年前，我为了一个人来到这座城市。后来，我们分手了，很多人看不起我，笑我快30岁了还没车，没房，没对象。两年过去了，我依旧没有对象，但我靠自己的双手买了车，买了房。我相信爱情也会有的。"

我留意到黄桃说这些话的时候，是笑着的。曾让你泪流满面的事情，总有一天，你可以笑着说出来。

人的一生，总会遇到许多的不顺、挫折、苦痛，当你为此泣不成声的时候，不妨擦干眼泪，咬牙坚持。多年以后，再回过头，你会发现，正是那些让你在黑夜中痛苦的事，为你的人生增添了光彩。

没有在深夜痛哭过的人，不足以谈人生。千万不要嘲笑一个正在哭的女孩，因为你永远不知道她经历了什么；也不要小瞧一个正在拼命努力的姑娘，因为你永远不会知道她会活成什么模样！

# 月薪3000元的男生，你会嫁吗

## 01

最近，微博上有个关于"你愿意嫁给月薪3000元的男生吗"的话题，讨论得特别火。

我看了下大家的留言，发现主要有三种观点：

1.月薪3000元，养活自己都成问题，怎么养活我?

2.只要互相喜欢，收入不是问题。

3.不愿意。

我又看了这些留言下面的评论，发现大部分男生都觉得，对于男生来说，月薪3000元确实比较少，男生本来就应该承担起更多的责任。

也有少部分大男子主义者骂女生物质、拜金。

对于第一种观点，我只想说，如果一个女生觉得自己可以找到月薪3万，并且愿意给你花钱的男人，那么我无话可说，毕竟你是凭真本事吃饭！

对于第二种观点，我只想说，很多人在刚谈恋爱的时候，都会觉得，只要两个人互相喜欢，家庭、学历、出身、收入什么的都不是问题，可是越等到后面，你就越会发现：任何一个因素都有可能成为压死骆驼的最后一根稻草，尤其是经济问题。

对于第三种观点，我想起了表哥和他前女友的故事。

## 02

表哥的前女友叫丽姐。

高中的时候，表哥和丽姐就开始了地下情，大学两个人又考到了同一个城市。大学毕业后，丽姐跟着表哥回到了老家省城。

两个刚毕业的大学生，各方面都比较困难，但是丽姐认为，只要两个人在一起，所有问题都不重要。那个时候，丽姐单曲循环最多的一首歌，是张学友的《一路上有你》。

一路上有你，苦一点儿也愿意。

丽姐觉得，只要努力，一切都会好起来的。但是两年过去了，似乎什么都没有变好，他们还是和别人一起，挤在一间没有窗户的出租屋里；还是会因为要不要去好一点儿的餐厅吃饭犹豫好久；还是会为了省钱，去离家远一点儿的那家超市买菜。

毕业两年，表哥换了四份工作，每份工作都干不长久，要么觉得太累，要么觉得太委屈，要么就是不喜欢。但凡工作上有一点儿不顺心，他就辞职，然后在家"调整"上一两个月，玩够了再不慌不忙地找新工作。

两年过去了，表哥的工资还是和刚毕业一样——3000元。

而丽姐就不一样了，被领导批评了，躲在厕所偷偷抹几把眼泪，然后洗把脸继续工作；工作上受委屈了，在小区楼下溜达两圈，等心情好了再回去。

后来，丽姐的主管升职做了总监，就把丽姐培养成了主管，丽姐的工资也从3000元变成了5000元。

丽姐是家中的独女，父母一直都很宠爱她，也一直不同意她和表哥在一起。毕业之后，爸妈一直做丽姐的思想工作，希望她能回去，但丽姐铁了心，这辈子非表哥不嫁。

只是后来，表哥太让丽姐失望了。

表哥又一次任性地辞职了，然后在家睡觉打游戏。加了一天班回来的丽姐，看到满地的外卖盒，终于忍不住问表哥："你想过我们的以后吗？"

表哥一边"开黑"一边笑嘻嘻地说："以后就以后再说吧。"

那晚他们吵了一架，丽姐流着泪结束了七年的感情。

后来，表哥每次多喝两口都会说："她啊，就是嫌我穷才和我分手的。"

但是明白人都知道，丽姐不是嫌表哥挣钱少，而是和他在一起看不到未来。

一路上有你，苦一点儿也愿意。

要是苦太多，那就算了吧。

## 03

之前和一个开淘宝店的姑娘聊天，谈论到择偶标准时，姑娘说了这样一句话："我不能接受收入比我低太多的男生。我不是想要花他的钱，只是不希望因为消费习惯不同吵来吵去。"

姑娘的前任，也是一个工资不高的男生。

不过当时姑娘觉得，这些都不重要。

一开始的时候，两个人在一起也没什么不愉快，可是等后来住在一块后，矛盾慢慢浮现了出来。

周末的时候，姑娘想去尝尝楼下的寿司，男生觉得太贵。姑娘表示她可以每月多出点儿钱补贴家用，男生却觉得这让他很没面子。

姑娘平日喜欢买衣服，男生却觉得她花钱大手大脚，说了她好几次。姑娘也觉得委屈：别人都是男朋友送衣服，自己花自己挣的钱，还要被骂。

终于，姑娘在最后一丝好脾气都被消耗光之后，和男朋友不欢而散。

## 04

很多人在谈恋爱的时候，会考虑性格、爱好、长相，甚至学历高低，但唯独没有考虑钱。

很多人总以为，在爱情面前，谈钱太过俗气，却不知道有多少情侣，最后都是因为钱分的手。

因为钱，你看不到未来，得不到你想要的安全感。

因为钱，对方最原始、最丑陋的一面都曝光在你面前。

因为钱，你发现彼此之间的消费习惯、思想方式相差太大太大。

因为钱在一起的人很少，因为钱分手的人却很多。

再回到开头那个问题：月薪3000元的男生可以嫁吗？

我觉得有个网友的回答特别赞：

"想起当年刚毕业的时候，我老公一个月才2000元不到，我们吃馒头泡面挺过来了。现在，我们买了自己的房，打算年底要个孩子。我可以接受你现在3000元的工资，但是三年，甚至五年以后，你还是3000元，那我们还是分手算了。说到底，一个男人有没有上进心才重要。"

最后，愿你出走半生，归来有钱还有人疼。

别求赞了，我给你买吧

## 01

阿雅一个月前恋爱了，对方是个"霸道总裁"类型的男生。

男生和阿雅是在健身房认识的，每周五一起上动感单车课。通过几次聊天，阿雅知道对方是摄影师，去过很多地方，和她一样喜欢听民谣。虽说对方是个不错的优质男，阿雅也单身快两年了，但阿雅一直表示对他没太多的好感。

"像我这种单身久了的姑娘，已经对男人免疫了。大多数男人在我眼里都是超市里卖的糖果，外表好看，等拆开包装，放在嘴巴里才会发现，味道不过如此。男人追你的时候嘴巴可甜了，等把你追到手了，就会把你当鱼干一样，晾在一边。"阿雅如是说。

## 02

那天，阿雅看到几个闺密都在转发一条"集赞送毛绒玩具"的微信。女孩子嘛，看到这种活动总是忍不住想要参加，于是阿雅也在朋友圈分享了这条微信，并在下面留言"麻烦各位帮忙点个赞吧！"

到了晚上，阿雅看到还差3个赞才能凑齐，便打算找几个还未点赞的好友私下求赞。

打开通讯录，排在第一个的是那个男生的微信昵称。

"某某，你好，我是阿雅，朋友圈第一条求赞，谢谢哈！"为了不让对方觉得自己是群发的，阿雅刻意加上了对方的名字。

对方很快发来了消息："别求赞了，我给你买。"

虽然偶像剧看过不少，但这种被霸道总裁示好的剧情，现实中阿雅还是第一次遇到。

几天后，阿雅接到快递电话："麻烦下楼取下包裹。"一下班，阿雅就赶回了家。两米多的玩具熊，把阿雅的床占了一大半。

再后来，阿雅过意不去，请男生吃饭；男生又不好意思，回请了一顿。多吃几顿后，两人就一起买菜做饭，搭伙过日子了。

## 03

在听阿雅讲这个故事的时候，我们全都笑喷了："一个玩具熊就把自己卖了啊！"

"不是，不是。"阿雅急忙解释，"以前也有男生追过我，送包、送口红的也不少，但他是最让我感动的那个，因为他懂我。"

朋友圈集赞送的东西，往往贵不到哪里去，但对于转发这条朋友圈的女生来说，她是真想要。当你可怜兮兮到处求赞时，一个男生对你说："别求赞了，我给你买吧。"你能不感动吗？当你省吃俭用一个月打算去买心仪的手袋时，有人对你说："别省了，我给你买吧。"你会恨不得马上嫁给他！

在爱情里，出场时间很重要，越是在对方需要的时候出现，成功的概率就越大。

## 04

为什么很多姑娘都喜欢"霸道总裁"类型的男生？因为他们懂得姑娘的需求！生病的时候，姑娘想要的，不是一句"多喝热水"，而是把药送到手中："给我吃了！"下雨天，姑娘想要的，不是一句"估计一会儿就小了"，而是"你给我等着，我一会儿就来；别给我乱跑，我一会儿找不到"。

很多人都会认为，喜欢"霸道总裁"的姑娘肯定贪财，而实际上姑娘依恋的只是通过"霸道"传递过来的爱，而不是"总裁"。女性总是柔软的，无论外表多么坚硬，也会渴望能够理所当然地撒个娇，有个依靠能歇歇。

身边有个朋友的老公，也是一个标准的"霸道总裁"，纪念日从来不说"宝贝儿，今晚想吃什么"，但带她去的餐厅，一定是她喜欢的；过生日从不问"亲爱的，生日想要什么"，但送她的礼物绝对是她最近正想要的。

真正的"霸道总裁"是在霸道的外表下，有颗细腻的心，说得少，做得多。这里的"霸道"，不是蛮横不讲理的霸道，也不是大男子主义式的管束，而是发自内心的爱。这种男人，哪个姑娘受得了？用耳朵听到的不算爱，能用心感受到的温暖才是爱。真正爱一个人就要做出来，说再多也没用。

## 失个恋而已，又死不了人

### 01

你失过恋吗？

曾经以为最登对的人，原来没有想象中的那么般配；曾经以为可以走到最后的那个人，却在中途离开了。你以为可以谈一场永不分手的恋爱，却发现前一晚还相拥入眠的两个人，隔天就可能成为路人。

不敢回家，插入钥匙推开门，冷冰冰的空气会瞬间把你吞没。他的衣服还在床边，屋子里还有他的气息。偶尔恍惚之间还觉得他就坐在书桌前，回过神却发现他已经走了好久。半夜惊醒，总以为他还在旁边，转过身去却扑了个空。早上起来的那一瞬间，脑袋晕晕的，心里空空的，不知道该做什么。漱口杯里还插着两把颜色不同、款式一样的牙刷，但有一支却是干的。

也怕一个人去超市，总是忍不住想起两个人推着购物车买生活用品的样子。常去的饺子馆再也不敢去了，怕热情的老板娘问："今天怎么一个人来啊？"每到一个熟悉的地方，都是一种折磨，看到熟悉的场景，就忍不住去想曾经两个人在这里的种种。

"物是人非事事休，欲语泪先流。"

一夜之间听懂了所有的情歌，感觉每一句歌词都是为自己量身定做的。

把每首歌的评论都刷一遍，突然知道了什么叫感同身受。

曾经看不懂的电影，现在也能看懂了。

以前觉得非主流的句子，突然觉得说得真好。

到楼下便利店买了两罐啤酒，一个人喝得大醉，躺在冰冷的地板上，痴痴地望着天花板发呆。多希望他能突然冲进屋子，看到这狼狈不堪的样子，心疼地抱着你说："别哭了，我们这就复合。"

掏出手机不停地给他发微信，可再也收不到他的回复。

取消对他的置顶，看着他的头像越来越靠后，直到从最近联系人那栏消失；快速地把消息记录翻到最早，然后一条条往下看，甚至还忍不住截图保存，可翻到最后，却是忍痛全部删除。

看以前的照片，躺在他身上，笑得那么甜，可现在，一个人，哭得那么惨。

明明很饿，却什么都吃不下，买了一堆东西，咬两口，发现索然无味。

明明很困，却怎么也睡不着，一闭上眼睛，满脑子都是他的样子。

明明告诉朋友，自己已经放下，晚上一个人的时候，还是忍不住哭了。

## 02

对方把分手说得轻松淡定，你却一个人哭得死去活来。

你以为你的未来全完了。

你以为这辈子都找不到像他这样的人了。

你以为你被整个世界抛弃了。

你甚至以为自己要死了。

但是，失恋是死不了人的，它只是在你胸口捅了一刀，虽然当时让你血流成河，可随着时间的流逝，伤口总会愈合，直至变成一道小小的疤痕。你再也不会剧痛，只是偶尔在太阳的照射下，伤口还会痒痒的，让你难受。

失恋了，想哭就哭，不要憋着。死去活来地连着哭几天，哭到嗓子沙哑，哭到再也没有眼泪。

想骂就骂，在心里变着花样地骂，骂对方冷酷无情，骂对方没心没肺。

想去跑步，那就一直跑，直到没有力气，累趴下为止。

总之，不要憋着，不要压抑自己的情绪，给自己几天时间，让自己尽情发泄。

他再也不会在你难过的时候抱着你，那么，以后遇到困难要咬牙坚持。

他再也不会在下雨的时候来接你，那么，以后要记得在包里带把伞。

他再也不会在你生病的时候照顾你，那么，以后记得照顾好自己。

他已经成了前任。

他过得好不好，都和你没有关系了；你以后幸不幸福，他也不会太在意。你可能会遇到一个比他好的人，也可能再也遇不到像他这么好的人了；你可能会过得比他好，也可能混得比较惨。这些都不重要，重要的是以后的路，没有他也能走得很好。

# 别轻易扼杀了生命的可能性

## 01

果不其然，张昊去了深圳。

在很多人看来，张昊的这次"深漂"显得有些"作"，但我知道这是一个成熟的决定。

张昊是贵州人。贵州，用他的话来说，"这是一个发展中国家欠发达西部地区的一个贫困省。"他之前在贵州电视台实习，表现出色，毕业就能转正。在很多人看来，这是一个不错的选择。相比在五线城市连一份文员的工作都找不到，进家乡的电视台工作确实让人羡慕。

但张昊最终还是选择放弃贵阳的工作，义无反顾地去了深圳。有同学说他"头脑发热，年少冲动"。我问他："你想清楚没？"他说："我想了很久，现在不走，以后就更没机会走了。我还那么年轻，我不想扼杀了生命的可能性。"

我了解张昊，他不是那种三分钟热度的人。买一张南下的车票只需要几十秒，但可能是他几个失眠夜深思熟虑的结果。

二十几岁，上无老下无小，只身一人，无牵无挂，带着两个行李箱和一个梦想，去哪儿都方便。你一无所有，年轻是你唯一的资本。年轻，输得起，穷得起。大不了，从头再战，实在不行，"滚"回老家，偃旗息鼓。

"现在不走，以后更走不掉了。"

工作了，恋爱了，定居了，年纪大了，身上的桎梏越来越多，哪儿也不想去，哪里也都去不了，就像《肖申克的救赎》里面所说："这些墙很有趣，刚入狱的时候，你痛恨周围的高墙；慢慢地，你习惯了生活在其中；最终你会发现自己不得不依靠它而生存。"

每个人的手中都有一把锤子，就看你有没有勇气去敲开你面前的那堵高墙。

## 02

以前，别人问我："以后怎么打算？"我答："去重庆或者成都做记者，然后买房定居，过一辈子。"

现在，别人再问我这个问题，我却不知道怎么回答了。去哪里生活，哪都想去；做什么工作，都愿意去学。

今年6月份的时候，我原本打算去成都工作，后来中途有变，去了西安。因为安排被打乱，负面情绪爆棚。

两个月后，我选择了回家。在回家的火车上，看着窗外不断变换的风景，我突然间爱上了这种未知的生活。我居然喜欢上了火车的轰鸣声，享受在不同城市间来回切换的人生。

我发现自己还有很多事情没做过。我还没看过海，双脚没有在柔软的沙滩上驻足过；我还没爬过泰山，没有在山顶搭一顶帐篷，然后等待日出；我还没出过国，没有看过康河的柔波，没见过非洲的猛兽……我才20岁，我才不要急着给自己设限，扼杀生命的可能性。

每一种生活都是一种乐趣，我都要去试试才好。人生没有白走的路，任何一种体验都是上天给予我的一份礼物。

## 03

我认识一些二十多岁的人，他们的生活潇洒惬意。

有个旅游记者，每年在东南亚各个城市间穿梭生活，朋友圈里的他有时在芭堤雅喝酒，有时在海豚湾散步。"我25岁，没车没房没对象，但幸好有诗意的生活。"这是光棍节那天他在朋友圈里写下的一句话。我们呢，二十几岁，没车没房没对象，还没有诗意的生活。

作者杨熹文，常驻新西兰，自己买了房车。这个自称1989年的老姑娘，扛着全部身家，搬进了自己的房车，铺了床，生了火，在冰箱里放上一排鱼罐头和冰啤酒，真正开始了"晃荡"十足的后青春生活。

"我在夏天驾车走走停停，冬天则把车停在房东家的院子里，努力工作，为下一个夏天赚旅费，日子充满惊喜与期待。这是我目前的生活，也是很多人想要的生活。有人羡慕至极，可羡慕没用，你得努力。"

我一直觉得"现世安稳，岁月静好"对于年轻人来说是一件特别不靠谱的事情。不管你身在何处，生活都不会对你绝对温柔，反而内心那颗不安定的心会让你蠢蠢欲动，焦躁不安。比起日后后悔，还不如趁早行动。

"稳定"对于年轻人来说只是一个梦。你都没去经历过，又怎么知道什么才是自己想要的生活；你都没有努力过，为什么要急着安于现实，告诉自己"我不配过上自己想要的生活"。

稳定，那是40岁以后才该考虑的事情，二十多岁的你，想的应该是如何精彩地活着。

## 04

　《楚门的世界》里的主人公楚门，一直生活在一个与世隔绝的孤岛上，他的一生从出生到死亡都是被安排好了的。在他所处的世界里，生活平淡而安稳。但他最后还是决定要冒着生命危险，历经艰险，走出去。每个人都向往自由，而不仅仅是安定。

　二十多岁的你，应该谈谈恋爱，和心爱的人牵着手走在街上；应该有一份自己热爱的工作，每天都有新的收获和期待；应该每年有几次旅行，搭个帐篷在山顶看日出，穿着比基尼在海滩晒太阳，骑着骆驼在大漠里穿梭……

　"有的人25岁就死了，只是到了75岁才埋葬。"二十多岁的你，不要随波逐流、归于现实，你还年轻，还有很多可能性，请勇敢地去开创属于自己的未来吧！

## 你没有男朋友，可能是因为太矫情

### 01

　　小莫算是我认识的比较"作"的姑娘。她之前有个男朋友，后来分手了，因为她实在太"作"了。

　　小莫是重庆人，喜欢吃火锅；男朋友是浙江人，口味清淡。小莫生日那天，男朋友准备带她去吃椰子鸡，可小莫却说想吃火锅。男朋友想到是小莫生日，便由她做主。

　　到了火锅店，男朋友打算点个鸳鸯锅，小莫却觉得鸳鸯锅吃着不过瘾，而且两个人各吃各的没感觉，非要点一个锅。一顿饭下来，小莫吃得酣畅淋漓，兴致勃勃，男朋友却一边饿着肚子一边喊辣。看着男朋友可怜兮兮的样子，小莫笑了笑说："多吃几次就习惯了。"

情人节，男朋友问小莫："晚上打算吃什么？"

小莫说："火锅。"

男朋友说："宝贝儿，我们换个别的行吗？那东西我真吃不惯，吃完又拉肚子又上火。"

小莫没有理男朋友。

男朋友见小莫生气了，便主动求饶："好，好，好，你说了算，我们去吃火锅。"

到了火锅店，小莫一个人吃得高兴，却没注意到男朋友只啃了几个鸡爪。

回去的路上，男朋友看到旁边有麦当劳，便让小莫陪他进去买点儿吃的。

"刚刚不才吃了饭吗？"小莫不解地问道。

"我没吃饱。"

"谁让你刚才不吃？"

"我不爱吃火锅。"男朋友有点儿不高兴地说。

晚上回去后，小莫发了条朋友圈："真正爱你的人，酸甜苦辣都爱吃。"

## 02

还有一次，两人中午看完电影，准备回家。

　　小莫和男朋友一个住在城北，一个住在城南，从男朋友家到小莫家要换两趟地铁外加一趟公交。男朋友看时间也不晚，便准备为小莫叫车回家。可小莫却满脸不高兴，男朋友问她原因，她也一直不说。等男朋友把她送上车后不久，小莫给他发消息："送我回家有那么难吗？"男朋友解释："两个人住的地方实在隔得太远，来回一趟要三个多小时，而且白天也挺安全的。"小莫给男朋友发来一句："真正爱你的人，东西南北都顺路。"之后，就再也不说话了。男生实在忍受不了，主动提出了分手。

## 03

　　有些女孩子，真的是挺"作"的。男生给她发消息，她不会立即回，因为她觉得"女生太主动容易掉价"；她发的消息，男生没有立即回，她便不高兴，因为她觉得"真正爱你的人，一定会马上回你消息"；和男朋友吵架，事后明知道是自己错了，却从不主动道歉，因为她觉得"对错不重要，爱才重要，真正爱你的人，一定是主动道歉的那个人"；生气了，问她原因，怎么都不说，最后男生不问了，她又说"你不在乎我。"这样的女孩子浑身上下全是戏，每天都在问"你到底爱不爱我"，每月都会上演一场分手戏，"大作"三六九，"小作"天天有，奥斯卡都欠她一个小金人。

　　有人说，女人"作"一点儿蛮可爱的，这话我承认，但关键词是"一点儿"。有些姑娘，"作"的哪里是一点儿，简直是很多点儿。物极必反，女人"作"一点儿是可爱，"作"太多就是讨厌。女人偶尔"作"一下，男人会觉得可爱，也乐意去哄哄，这种"作"法是两个人的情趣，但每天"作"个不停，那就是无理取闹、没事找事。男人对此苦不堪言，女人也常常为此暗自神伤。感情需要的是享受，不是暗自神伤。

　　男生都想找一个温柔懂事、可爱乖巧又不黏人的女朋友；女生都想要一个高大威猛、体贴细心、把她捧在心尖上的男朋友。大家想要的，都是对方不容易做到或者不那么想做的。男人们收收自己的"直男癌"，女人们改改自己的"公主病"，只有让自己成为更好的恋爱对象，才能找到更好的爱情。

# 我不要毫无仪式感的爱情

## 01

前两天刷微博的时候，看到张希主页的情感状态一栏里只有两个字：丧偶！我很好奇，她明明有男朋友，怎么就"丧偶"了？

"节日从来没收到过礼物，来'大姨妈'时连杯红糖水都没为我冲过，电脑坏了也是我自己拿去修。这不是'丧偶'是什么？我觉得寡妇都比我过得幸福。"张希向我抱怨。

虽然张希和她男朋友在一起两年了，但她从来没收到过男朋友的礼物。其他人都在节日里各种秀恩爱的时候，张希只有羡慕的份。她也曾给过男朋友各种暗示，但显然对方并没有体会到。"没心思送礼物就算了，就连红包也没给我发过。我不是爱钱，没谁指望靠那点儿红包发家致富。我只是希望在每一个节日到来的时候，你能想到我。"张希终于忍不住开口，对方却说，不要太在意这些仪式，真正的爱情体现在平淡日常里。说得太好了，张希竟无言以对。

说到日常，张希更来气。有一次，她电脑坏了，让计算机专业的男朋友来帮忙修理，可对方却说："电脑毛病不大，你楼下就有维修店。"

"我知道楼下有维修店。可我就想你像别人的男朋友一样给我修修电脑，弄弄系统。"张希在输入框里打了一行字，想了一会儿，又给删了，一个人抱着电脑下了楼。看到楼下小哥一脸认真为她修电脑的样子，她真想把自家男朋友踢了。

还有一次，张希从外地回来，让男朋友来车站接她。男朋友却说："你又没有行李，我去还不是得打车过去，你自己回来就好了。乖啦！"张希气得差点儿没在火车站原地爆炸。她刚下车，凑巧碰到也是同趟车的同事A。对方热情地招呼她，然后两人一起出站。

刚一出站，一名男生就向她俩走了过来，然后拉起同事A的手。A一脸娇羞地说："我男朋友。"还问张希要不要一起拼车。张希说："我男朋友也来接我了，路上堵车，要晚一会儿，你们先走吧。"同事A知道她有男朋友，便没再强求。张希不想让对方觉得自己是个没人疼爱的可怜虫。越是委屈的人，越是倔强不说。

我知道饿了有外卖，出门有出租车，生病了要吃药。道理我都懂，可我就是忍不住要矫情，因为我真的爱你啊！我想在饿的时候，吃一口你亲手做的饭，哪怕只是加了个鸡蛋的泡面；想在回到这个城市的时候，第一眼看到的那个人是你；感冒的时候，想你给我买盒感冒药，然后叫我赶紧回去睡觉。

## 02

之前网上有个话题，叫"什么时候觉得自己像个'单身狗'"。

"异地恋，每天早上醒来看到的都是室友，而不是男朋友；跨年夜，和闺密一起胡吃海喝，男朋友说他们宿舍要组队打'王者荣耀'；'双十一'想发个朋友圈虐'狗'，却发现在一起两年，合影加起来还不够九宫格，'狗'没虐成，倒把自己虐哭了；圣诞节，单身的闺密接到了5个快递小哥的电话，我接到1个，移动客服推荐换套餐……"

一个女孩子在评论下面接了一句："我发现我这个'单身狗'，都比你们这些谈恋爱的幸福。"

有的人单身，却像在恋爱。有些人虽然在恋爱，却活得像单身一样，没有节日、没有约会、没有旅行、没有抱抱……生活毫无惊喜和乐趣。

## 03

王微微谈过一个男朋友，我们却很少听她提起，开始还以为是她不愿意说，后来才知道是没什么好说的。

有次聚会，几个朋友一起吃饭，王微微突然说自己最近打算存钱买手机。A插嘴说道："叫你男朋友给你买呗！"王微微笑了笑，没说话。和王微微住一起的B，看着王微微惊讶地问道："你有男朋友？我怎么不知道，我一直以为你和我一样是单身。"

"没有电话问候，没有视频聊天，没有微博互动，没有约会旅行，没有节日礼物……我倒是巴不得每天在你面前秀20次恩爱，可我却连一个提起他的理由都没有。"那晚回去，王微微和男朋友吵了一架，分手了。后来，一个和王微微前任还算熟识的人告诉她，他对每任女朋友都这样——他想要的只是一段关系，而不是一个女朋友；他只希望有个人和他在一起，帮助他摆脱单身的身份，和谁在一起都行。

真正喜欢一个人，是听到一首好听的歌，看到一个好笑的段子，都会立刻分享给他（她）。

真正喜欢一个人，是看到一个不错的东西，就会想他（她）会不会也喜欢，然后想象他（她）得到这个东西时，满脸幸福的样子。

真正喜欢一个人，是去到一个漂亮的地方，会想要是有他

（她）在就好了，然后下一次牵着他（她）的手，和他（她）故地重游。

　　不要说礼物不实用，情话太腻歪，节日太麻烦，只要是你送的，垃圾我都觉得是宝贝；只要是你说的，每天100次我都不嫌多；只要是和你一起，跋山涉水我都愿意。

第三章

**在人生这场
最大的冒险中，
遇见你**

## 不喜欢你的人，何必执意去等

### 01

昨晚，有个粉丝给我发了这样一条消息："我喜欢一个男生三年了。前天，他谈恋爱了，我现在想死的心都有了。之前他告诉我暂时没有谈恋爱的想法，我就一直等。我为了他拒绝了别人的追求，放弃了保研资格。当看到他和别的女生牵手从我面前走过时，我就像自己细心守护的幼苗终于开花了，却被别人连盆一起搬走了一样难受。"

我加了这个粉丝的微信——我们就叫这个姑娘小小吧——和她细聊起来。

我问小小喜欢那个男生什么地方。

"一米八三的大高个，长相也不错；篮球打得好，是系篮球队队长；弹得一手好吉他，和几个朋友组建过一个乐队……"看得出来，小小很喜欢那个男生，噼里啪啦地说了一长串那个男生的优点。从小小的描述中，不难看出这是个不错的优质男。

我又问小小："那你觉得自己有哪些地方能够吸引到他？"

手机上不断显示"对方正在输入……"看来我的问题把小小难倒了，以至于她想了很久。

"他学习不好，经常挂科。我学习不错，本来有机会保研的，但听说他毕业了要回老家武汉工作，我便改考了武汉的学校。我觉得，只要离他足够近，早晚会有机会的。"

"学习好是优点，但不是魅力。"我说道。

"我对他很好。他每次打篮球，不管多热，我都会跑去看，然后给他买水；我去大街上发传单做兼职，只为在他生日的时候送他一双他喜欢的耐克鞋……"

爱情里的人都是不管不顾的，为了喜欢的人，什么样的傻事都做得出来。别人听了会心疼，被疼爱的那个人却没有太多感觉。

我对小小说："我知道你对他很好，但这又有什么用？你可能是上好的樱桃，可你喜欢的人却喜欢吃葡萄，你再怎么努力也是白搭。"

## 02

我给小小讲了另一个故事。

我的哥们儿潘超，长相一般，但经常锻炼，厚实的肩膀和六块腹肌很是讨姑娘的欢心。潘超没什么出众的才艺，但性格脾气超级好，有的时候，哥几个喝酒开玩笑都会说："我要是个女的，就嫁给你。"

当时，有个女孩在追潘超，每天对潘超早晚微信问好，各种小礼物从没断过，三天两头请我们吃饭，从我们这里打探消息。吃人嘴软，我们都帮着怂恿撮合，但潘超就是没感觉。女孩给潘超发七八条微信，潘超回一条"嗯"；潘超的每条朋友圈女孩都评论，潘超只给她点过一次赞，还是"集赞送豪礼"那种。

有段时间，潘超很晚才回来，回来后就一直对着手机傻笑。我们都以为潘超和这个女孩在一起了，结果大出我们所料，潘超喜欢上了一个才女——"985"高校的文科生，几个平台的签约作者，豆瓣小网红。

我问潘超："追你那女孩怎么办？"

潘超毫不在乎地说："还能怎么办？我又不喜欢她，我喜欢的是这种类型的。"说完拿出手机在我面前晃了晃，是才女刚写的诗。

## 03

　　他不回你微信，不是忙，是因为要和喜欢的人聊天；他说要睡了，不是困了，是要去和喜欢的人开视频；他不主动找你，不是性格高冷，而是压根没想到你。一段好的感情，不应该把自己搞得身心疲惫。他不喜欢你，你就识趣地离开，别待在那里，惹人生厌。

　　总是有粉丝问我："为什么我追一个人，追了很久，最后却无疾而终？"因为好的爱情从来不是追来的，尤其是女生追男生。他不爱你，你再怎么努力也是白搭，即使最后勉强答应在一起，那也只是被你感动，而不是因为爱情。

　　爱不起，就别爱了；追不上，就别追了。与其去追一匹野马，还不如用追野马的时间种草！待到来年春暖花开之时，就会有一群骏马任你选择。

　　你若盛开，蝴蝶自来；你若精彩，天自安排。

## 自律的人，才配拥有喜欢的生活

### 01

我的微信公众号曾经停更过一段时间。身边的人问我原因，我给的回答是：做微信公众号太占用我的时间了，我要看书。原因也确实如此。

白天我要在报社实习，找选题，做新闻，下班回家后，还要管理微信公众号：写稿、找图、排版、互推……单枪匹马，难免心力交瘁。每天除了挤地铁的时间可以用来看书外，其他时间我连吃饭都要抓紧点儿。

我想不紧不慢地看一本自己喜欢的闲书；我想每天睡到自然醒，中午再补个觉；我想和朋友们约着在周末逛街吃火锅……所以，我停更了我的微信公众号。没过多久，我的实习结束了，从报社大楼出来的那一刻，除了不舍外，我突然有了种前所未有的轻松。

因为从明天起，我不用再写稿，也不用上班，一天24小时都是自己的，有大把大把的时间可以用来做自己喜欢的事了。我给自己定下计划——每晚跑步；每天看5个小时的书；每周见一个老友，约着去周边游；对了，我家附近有个陶艺店，有老师教做陶艺，现在终于有时间去了……虽然那天成都的雾霾极为严重，但我还是欣喜地深吸了几口：自由的味道啊！

然后一个月过去了。我来告诉你们这一个月我都干了些什么：每晚玩手机到两三点，白天睡到大中午，空余时间不是玩手机就是到处刷网页；买的10本书，翻完了一本；去见过一个朋友后，就再没出过门；跑步计划，也被我以天气冷为由取消了。每天浑浑噩噩，如同行尸走肉一样。

没有自律的自由就是空中楼阁。乔布斯说："自由从何而来，从自信而来。而自信则从自律来。先学会克制自己，用严格的日程表控制生活，才能在这种自律中磨砺出自信来。"

想要自由，先得自律！

## 02

朋友杨飞是一个高度自律的人。

杨飞上的大学是一所不入流的三本院校。大三的时候，他突然决定要考中国传媒大学的硕士研究生。要知道，中国传媒大学在传媒行业可是最顶尖的学府，每年不知道有多少传媒院校的本科生削尖了脑袋往里挤。但杨飞不知道哪里来的自信觉得自己一定能考上。

在决定考研之后，杨飞做的第一件事不是报培训班，而是减肥！我问他，减肥和考研有什么关系。他说："一个能把体重减下来的人，还有什么事是做不到的。"他想通过减肥来提升自己的自律能力。从他开始减肥后，我就开始跟不上他的节奏了。

晚上打电话找他玩，他说他要跑步；约他吃饭，从来只答应一起吃午饭，因为从决定减肥后他就不吃晚饭了，而午饭也只吃一个白菜一个青菜。三个月后，他确实瘦了。瘦瘦的他抱着厚厚的一摞书去图书馆扎根了。那段时间，每晚从图书馆出来，他都要发一条朋友圈给自己加油。我特别留意了一下，他每次发朋友圈的时间相差不会超过2分钟。自律的人连身体都自带闹钟功能。

考研结果出来的那天，杨飞给我打了个电话："9月份，我可以去北京了……"

去年，再见到杨飞，发现他又瘦了，也变好看了。

杨飞在北京混得不错，带他的导师很喜欢他，而且希望他能读博；当年他考了三次才过四级，现在和老外交流却毫无障碍……

我开玩笑说："减肥真好。"他尴尬地笑笑，然后一脸认真地对我说："我认为减肥对我最大的改变不是外在，而是将我的状态彻底改变了。我以前作息时间极其不规律，每天就像无头苍蝇一样乱撞，最后什么都做不好。开始减肥之后，每天规定自己必须跑多长时间，吃定量的东西。后来，这种自律的习惯被我迁移到生活的各个方面。不是减肥让我变好，而是自律……"

杨飞掏出手机，让我看了他现在的作息时间表：7点起床，然后晨跑一小时，9点去上课，中午午睡一小时，下午去电视台做节目，晚上9点回来，看两个小时的书，然后睡觉。

良好的习惯，会潜移默化地改变一个人，最终让他成为自己喜欢的模样。

## 03

杨丽萍的孔雀舞跳得漂亮吧，这背后是午饭只吃一片牛肉、半个苹果、一个鸡蛋的代价；村上春树每天早晨4点跑步，至今还在坚持着。有了高度自律的态度，就能在任何一个行业都做到出色。

优秀者的优秀不是一种偶然现象，而是长期的付出和高度的自律造就的。

不自律的人只能成为欲望的奴隶。控制不了食欲的人，只能任由体重一路飙升；控制不了玩心的人，只能看着别人平步青云，自己却依旧月薪3000元……

看到过一句话，觉得说得很好："泡夜店、喝酒、抽烟、文身……这些事儿看似很酷，其实一点儿难度都没有，只要你愿意去做就能到。真正酷的是那些不容易做到的事，比如认真读书、坚持健身、努力……"

自律是对欲望的战胜。当你愿意为了自己喜欢的东西去自律的时候，你会渐渐忘记"律"的约束，越来越享受"自"的快乐。任何人都有资格谈梦想，但只有自律的人才配拥有喜欢的生活！

# 男朋友犯错，是不是我不够美

## 01

在"知乎"上闲逛，偶然看到一个帖子，有个女孩说男朋友在和自己交往的同时，还和一个大波浪卷发、烈焰红唇的女孩交往，并问道："是不是因为自己不够美，所以男朋友才有如此行为？"看完这个帖子，我只想说："姑娘，不是你不够美，是你太蠢！你是有多喜欢这个男生，他犯了错，竟然还帮着他找理由，袒护他？"

现在很多姑娘都有这个毛病：感情出现问题，最先想到的一定是自己身上出了什么毛病，然后拼命为对方找借口，永远觉得是自己的问题。

男朋友犯了不可原谅的错误——一定是我不够美；

吵架男朋友从不哄我——一定是我太任性，太强势，太无理取闹；

纪念日男朋友从不送礼物——一定是我小心思太多，想要的太多；

男朋友和别人暧昧——一定是我最近冷落了他，让别人有了可乘之机。

什么是爱一个人？就是对方捅了你一刀，你还认为，他一定不是故意的，不知道他是不是也受伤了。

## 02

男女双方存有异心的原因只有一个：他（她）不爱你。

这听上去或许有些残酷，但事实就是如此。有的时候，我们很难接受对方不爱自己的事实，因此在确定对方有了异心时，会拼命地为对方找借口，并不停地安慰自己："他虽然有过错，但他还是爱我的！"

不要把"女朋友不够美"作为男朋友犯错误的理由，也不要把"男朋友不够帅"作为女朋友犯错的借口。现实中，大多数情侣在外表上差不多都是一个档次的，即使其中一方的外表可能更好，总体来说双方也会是实力均衡的。如果你真的觉得女朋友不够美、男朋友不够帅，那你们在确定关系之前做什么去了？难道刚在一起的时候你的眼睛是瞎的，现在又突然复明了吗？

一个成年人，不管做任何决定，都应该先考虑后果。如果他们已经做好为自己的行为承担后果的准备——分手，就只能是因为他（她）不够爱你，所以不怕和你分手；因为不够爱你，所以被发现也没什么大不了。

不要随便被对方的一句"我知道错了，只是当时没忍住"打发了，因为他知道代价是什么。如果一个人禁不住诱惑，原因只有一个，就是需要承担的后果他毫不在乎。这样的人，立即远离才好。

## 03

之前和C姑娘聊天，谈及她和前任分手的原因，C姑娘尴尬地笑道："是我把他宠坏了。"

C姑娘和男朋友是异地恋，男朋友背着她出轨了，出轨对象是前任女朋友。男生的前任出差路过男生所在的城市，然后一起吃了顿饭，接着就"顺其自然"了。一周后，男生觉得有点儿对不起女朋友，就主动打电话向C姑娘坦白。挂了电话后，C姑娘一个人哭了好久，约了朋友去喝酒，那是她人生中第一次喝那么多酒。第二天酒醒后，C姑娘选择了原谅男朋友。她觉得两个人异地恋，自己不能陪在他身边，男朋友难免孤独；再说是前任主动找上门的，不是男朋友主动的，可以理解。

男生看到C姑娘这么懂事，当然开心得不得了，于是，就有了第二次、第三次……

他做什么你都可以理解，那谁来理解你？你把他当成今生挚爱，他却一次次伤害你。他只顾着自己的欲望，却没有想过你知道后会怎样痛哭、难受。

姑娘，真的不是你不够好、不够美，而是对方太渣。

遇到"渣男"怎么办？分手！要是"渣男"抢先一步，把你先甩了怎么办？安慰自己，谢天谢地，早甩早脱身！

## 没人会爱低到尘埃里的你

### 01

那天，阿西问我："在爱情中，你是S还是M？"我笑了笑回答道："我可没这个爱好。"

阿西知道我误会了，解释道："我说的是在爱情中，有S和M之分，S是控制方，M是被控制一方。"听完阿西的解释，我明白了她的意思。

绝大多数爱情里的两个人都是不对等的，总有一方爱另一方更多。一个是S，高高在上，掌控着爱情的游戏规则；一个是M，低到尘埃，小心翼翼地遵守规则。

我在微信朋友圈发了个调查，问大家在爱情中是属于S还是M，得出的结果是：大多数女生在爱情中都属于M。

## 02

娜娜就是这样的人。

娜娜和初恋是高中同学，但两个人在高中的时候并不熟，后来，他们大学在同一座城市。处于一个陌生的城市，人难免会感到孤独，有段时间，娜娜和那个男孩经常一起约着吃饭、逛街，一来二去，彼此成了好朋友。

大二那年，男生开始追求娜娜。开始的时候娜娜并没有答应，因为她觉得男生不够成熟，做事太自我，不是个合格的男朋友。被拒绝后的男孩并没有放弃，依旧各种示好。男生容易因女生的外表心动，女生则容易被男生的坚持不懈打动。一次娜娜生病时，男生陪她去了医院，此后两个人便在一起了。

很明显，在这段感情开始时，娜娜掌握着主动权，但谈着谈着就变了，男生渐渐不那么在乎娜娜了，而娜娜对男生爱得越来越深。两个人吵架，男生不再哄她，娜娜也不生气，反倒是找自己的原因。男生说女生文静点儿才可爱，于是娜娜就收起了自己的活泼，像个可爱的小女孩一样跟在男朋友身后，不吵不闹。

后来，男生考研去了西安。

娜娜问男生："我怎么办？"

男生说："你想怎么办就怎么办。"

中了情毒的娜娜，什么都没说，跟着跑去了。

娜娜在公司旁边租了个小房子，男朋友住在学校宿舍，每周来看她一次；平时下班，娜娜觉得孤独，找男朋友视频聊天，对方却说自己忙，对她爱搭不理；五一假期，娜娜想和男朋友去爬华山，对方以自己社团五一组织活动为由拒绝了她，让她找同事一起去。

委曲求全是M类型的人最喜欢做的事情，只要我还爱你，只要你还和我在一起，再多的不满我也能忍下，即使上一秒还在哭泣，下一秒也能擦干眼泪，笑着对你说："没关系。"

后来，娜娜发现男朋友总是和同一个头像的人聊微信，便问男朋友："那个人是谁？"男朋友说："同学。"于是争吵便开始上演，男生说娜娜疑神疑鬼，没事找事，摔门而去，再也没出现过。娜娜给他打电话，不接；发微信，不回。第二天，娜娜收到了男生的短信，只有三个字："分手吧。"

## 03

你以为你对他好，他就会爱你？你以为你很爱他，他就不会和你分手？做梦！

很多人分手后都会问："我这么爱他，他怎么忍心伤害我？我对他这么好，他为什么要和我分手？"傻瓜啊，就是因为你太爱他，他才能伤害到你；就是因为你对他太好了，他才会和你分手。你心甘情愿地充当爱情里那个M的角色，他不伤害你伤害谁？

爱情的最后，两败俱伤的很少，大多数时候都是一方毫发未损，一方溃不成军。你计划着和他的未来，他算计着什么时候提分手；你哭得死去活来时，他在和别人暧昧；你还沉浸在过去不能自拔，他却早牵起了别人的小手……

《从你的全世界路过》里的猪头爱了燕子那么多年，半辈子的积蓄都拿来给了燕子，最后好不容易等到燕子回国，换来的却是分手。送燕子上车时，猪头强忍着泪水说："没事。"可一转身却一边哭一边追着车说："燕子，没有你，我可咋办啊！"

《匆匆那年》里的方茴在发现陈寻劈腿后，自暴自弃，跑去和一个陌生的男人上床。只有全心投入的那个人才会在分手后觉得天都塌了下来。既然被整个世界抛弃了，做点儿伤害自己的傻事又何尝不可？

《陆垚知马俐》里的陆垚陪了马俐整整十年，从恋爱到分手，从结婚到离婚，最后两人依旧无疾而终……爱能让你骄傲如烈日，也能让我卑微如尘土。

猪头、方茴、陆垚都是各自爱情里的M，即使被对方插了一刀，也能把刀拔出来，递给对方，问他（她）还要不要再来一刀。

没在一起的时候，想方设法地示好，把自己改造成对方喜欢的模样；在一起了，千方百计地维系这段关系，小心翼翼、委曲求全地讨好对方；分开后，一个人伤心难过，要死要活。但没办法啊，每个人的一生都会有那么一个人——是你这辈子的劫难。

你在他那里得到爱情，也看透爱情；他让你的心变得柔软，也变得坚硬；你被他伤得支离破碎，最后终于变得对什么都无所谓；你被他重重地击倒，最后终于百毒不侵，看什么都云淡风轻。

无论你经历了什么，都希望你能放下过去，开启自己的新生活，永远别再低到尘埃里。

## 可以做暖男，但别做"中央空调"

## 01

你身边有这样的男生吗？喜欢以"暖男"自称，对身边的女性都很好，对她们的要求更是有求必应；朋友圈到处可见他们点赞的身影，不管那个人是谁，他都要去刷个存在感；联系人全是暧昧对象，可以同时和好几个人互道晚安。

王涛就是这样的人。他在姑娘们的眼中，可是出了名的暖男。

隔壁班的班花拍MV缺演员，他拖上室友去客串路人甲；师妹考试怕挂科，他让对方把书拿给他，把重点勾画好再还回去；班上有个姑娘不爱上课，作为学习委员的他，每次都找各种理由帮忙糊弄过去。凭借这一招，王涛在大一的时候，就被好几个姑娘追求。权衡考虑之后，他选择了最漂亮的那个。

王涛和女朋友在一起后，"暖男心"依旧。女朋友来例假了，他在宿舍熬好红糖水装在瓶子里，送到姑娘的宿舍楼下；女朋友不想做期末作业，王涛二话不说，把女朋友的作业承包了。除了对女朋友始终如一、不变初心外，王涛对其他女生的好，也没有因为自己有了女朋友而改变。有女生半夜找他聊天，他从不拒绝；"女王节"，王涛给女朋友买了礼物，也没忘记给其他熟悉的女生发红包。有一次，女朋友在王涛的微信搜索里输入"晚安"二字，发现弹出来二十多个头像。

后来，两人因为这件事吵架，王涛却丝毫不觉得自己做错了什么。"我和她们只是朋友，什么都没有发生。我确实对她们都很好，但我对你难道不好吗？"

王涛同学，你难道不知道，爱情需要的就是唯一啊！如果你给她的和给别人的一样，那她和别人有什么区别。

专心对一个女生好的男生叫暖男，对所有女生都好的男生只能叫"中央空调"。

## 02

小轩最近很苦恼。她喜欢上了自己的学长，对方对她很好。

有一次，小轩坐了半夜3点的火车回学校，那段时间，各种女大学生出事的新闻满天飞，小轩有点儿害怕。她小心翼翼地问学长能不能去车站接她，学长二话不说就答应了。小轩想学画画，在朋友圈问有没有会画画的朋友可以教她，学长找到小轩，说自己的室友画画特别棒，可以介绍给小轩认识。小轩一直以为学长喜欢自己，她也为此暗暗高兴，等着学长表白。半年过去了，对方一直没有动静，小轩坐不住了，开始主动出击，谁知学长表示自己并不喜欢她。

不喜欢那个人，又对那个人那么好，这不就是暧昧吗？后来小轩才知道，学长并不是只对她一个人那么好。学长虽然只在半夜接过小轩一个人，但在半夜送过的女孩子可不少；小轩在"女生节"收到的微信消息是群发的，只是前面的昵称被学长换了；在和小轩说完晚安之后，学长通常会点开另外一个头像，问一句"睡了吗"。

你以为他只是对你一个人好？

你以为他对你好，就是爱你？

你以为呢。

## 03

男生总是因为女生的美貌而心动，女生却常常因为一个男生对她好而感动。

很多"渣男"就是摸透了女生这一心思，因此从不向你表白，而只是对你各种好，给你一种"他一定是喜欢我"的错觉，等你主动出击。如果他当时需要你，就会答应你的追求；如果不需要，你就只能继续当备胎了。

人都是缺爱的，尤其是女孩子。夜深人静的时候，有个人陪着你聊天，时间久了就会习惯他的存在；生病难受的时候，对方一句简单的问候，你都会觉得很感动；孤立无援的时候，对方帮个忙，你就会觉得他对你特别好。等以后再回头看时，你才发现：那些让你感动的瞬间，全是套路。

一个女孩成熟的标志是不再被别人廉价的行为所感动。请你以后擦亮眼睛，远离那些"暖男"。每个女生都值得拥有一件自己专属的暖棉袄，而不是人人都享受得到的"中央空调"。

## 对待前任最好的方式是什么

### 01

看到过这样一段对话：

"你还记得TA吗？"

"早忘了。"

"可是，我还没说是谁。"

但凡爱过的人，看到这段对话时，内心都会像是被针扎了一般。

有多少人，嘴上说已经忘掉了，但走到路上碰到一个熟悉的背影，又立马慌了神；有多少人，表面装作已经放下了，但一到朋友聚会，多喝几口酒，又开始泣不成声。

前任，真的是一个很神奇的存在。

有些人能够和前任藕断丝连，互诉衷肠，但就是不把那句"我还爱着你"说出口，就这样互相折磨着；有些人分手时互相诋毁谩骂，把曾经的美好一点点敲碎，恨不得对方以后怎样怎样；有些人分开后还暧昧不清，三天两头约着喝个小酒，把前任变成了朋友。

当然更多的是，一别之后，互删好友。

我们天真地以为删掉微信，就算和对方断了关系，以为把对方拉黑了，就彻底放下了。后来我们才知道，伤口是一下子捅破的，但疼痛是要慢慢消失的。

## 02

阿东昨天一碰到我，就迫不及待地告诉我，自己终于放下了前任。

看着她欣喜的样子，我说道："你没有！真正放下一个人，是不会把他挂在嘴边的。"

"他加我微信好友，我都没有通过。"阿东继续说。

"你只是放不下面子，而不是放下这个人了。"这一次，阿东没有再说话了。

像阿东这样的女孩子太多了。她们每天都在朋友面前叫嚣"我终于忘掉他了"，其实内心深处，已经把那个人的名字默念了千万次。

很多东西，越想忘记，越是被反复记起。

感情世界里没有删除键，没办法一键删除记忆，只有靠自己一点点地把那段感情稀释干净。

阿萌彻底放下前任，是分手后的第二年。

还记得阿萌刚失恋那会儿，每天都会喊着大家陪她吃饭看电影，一部喜剧片也能从开始哭到结尾，最后散场时，一个人趴在前座的椅背上，哭到无力。

终于，阿萌决心彻底清理这段感情。她拉黑了前任的微信，剪了头发，换了包包，买了新衣。

看上去已经重整旗鼓，似乎马上就要投入新的恋情，但她的歌单依旧是"分手疗伤必备30首"，听到前任有了新欢还是会破口大骂。

思念是没有水龙头的流水，没有人能轻易止住。就这样，阿萌在"发誓要放下"和"怎么也忘不掉"之间徘徊了一天又一天。

再好的感情，也避免不了曲终人散的结局；再疼痛的伤口，也终究有弥合的一天。

再后来，好久没有听到阿萌提到前任，反倒是我们先开口问起她的近况。

"我每天忙成狗，天一亮就要去公司，下班后又要健身又要上英语课，晚上回来碰到枕头就能睡着，哪里还有时间想他……"

时间很奇妙，它能让陌生人变成熟悉人，能让相爱的人变成死敌，也能让念念不忘变成绝口不提。

## 03

放下一个人很难，但我们也不得不和过去挥手道别。

其实分手也没什么，不过是从两个人变回了一个人。在一起的那段时间，就像一个黄粱美梦，现在梦醒了，接着一个人过。分手哪有什么走不出的，不过是自己为难自己。

念念不忘，不会有回响，反倒可能是耳光。

你究竟有没有彻底放下那个人，你到底是不是真的走出来了，只有你自己知道。

你说你屏蔽了他的动态，谁知道你有没有在半夜点开过他的朋友圈；你说你删除了他的微信，谁知道你有没有对着当年的合照发呆；你说你已经把他拉黑了，谁又知道你有没有一遍遍请求添加对方为好友。

真正放下一个人，不是删除，不是拉黑，而是自己内心深处彻底放下了。

雁过留声，风过留痕，没有谁能彻底忘掉一个人。对前任，你不必完全忘掉，只是一定要彻底放下。

他就像一件你不再喜欢的衣服，搁在衣柜里，你没必要刻意扔掉，但也不会把它轻易想起。

一个经常往回看的人，注定走不了远路。

只有以后不再回头，才能余生不再将就。

## 做不了别人的公主，就当自己的"暖宝宝"

## 01

丽姐是我朋友里面嫁得最好的——自己是电视台的编导，老公是报社的记者，公公和婆婆都是高中教师，待人有礼，很好相处。公婆退休后，就全职帮忙带孩子，用老人的话说："你们还年轻，不需要把太多时间花在家里，好好过你们的二人世界，孩子我们会帮你们带好。"

丽姐的老公因为早年做过社会记者，也算是见多识广，什么话题都能聊上几句。用丽姐的话说，和这样的男人在一起，永远都不会担心没话聊。手机上随便弹出一条新闻，两口子都能讨论上半天。丽姐的老公还是个极其浪漫的人。高中的时候组建了文学社，大学又是广播站站长，平时的业余爱好是写诗——虽然写得不好，但在丽姐看来，老公写的诗比普希金的一点儿也不差。

经常在朋友圈里看到她各种花式秀恩爱。一会儿是老公送的礼物，一会儿是二人的搞笑聊天记录，一会儿是老公给她写的诗。去年情人节，两口子干脆把女儿扔给父母，跑到三亚度蜜月去了。

有朋友开玩笑说："结婚都10年了，怎么还叫度蜜月。"

丽姐又顺手撒了一把"狗粮"："我俩的热恋期还没过呢！"

丽姐比我大15岁，我经常开玩笑说我俩是忘年交，可丽姐却总自称是宝宝。丽姐是有资格自称宝宝的，因为每年六一儿童节，她老公都会准备两份礼物，一份给女儿，一份给她。

每一个在爱情中被宠溺的人，都有资格称自己为"宝宝"，因为，在喜欢的人面前，你永远都会像孩子一样纯真美好。

## 02

昨天，木雅又在"秀"她爸妈了。

木雅大学刚毕业，前两天终于找到了房子。她妈妈怕她一个人住太孤独，就给她买了只金毛，说这样女儿下班后就不会觉得孤独了。

木雅的妈妈几乎每天都会给她打电话，母女俩能煲上一个多小时的电话粥。我问木雅："你和阿姨都聊些啥？"木雅说："什么都聊。"

有一次，木雅在电话里抱怨学校管理太严格，明明上午没课，还要求每天去上半个小时的早自习。结果她妈妈在电话那头说道："学校有毛病吧，上什么早自习。要学的自己都会学，不学的去了也是白搭。"

木雅的爸爸也是个大暖男。木雅说只要她回家，她爸每次就会各种忙，先到车站接她，到家了又要给她铺床。有次暑假回家，她看到她爸端了盆水，在给她擦凉席。她爸爸说："你感冒就别开空调了，给你换了凉席，水里我放了花露水，睡起来也不会热。"

每一个被家人疼爱的人，都是一个宝宝。因为在父母心中，你永远都是孩子。

## 03

小花是个很懂得照顾自己的女孩子。

虽然工资不高，但她愿意每月多花几百块钱，让自己住好一点儿的房子。小花的卧室有个阳台，她买了个架子，在上面摆满了自己种的多肉。前几天，小花又买了个小沙发放在阳台，虽然不能"葛优躺"，但在上面看看书什么的还是挺惬意的。

　　小花的厨艺很好，平日由于工作忙，她很少下厨，但每到周六，她一定会早起，去菜市场买新鲜的食材，然后做一顿好吃的犒劳自己。小花不仅做菜好吃，买的盘子也很好看——淘宝买的日系盘子，每一个上面都有漂亮的印花。

　　小花很喜欢玩偶，每年生日，5月20日，"六一"，"光棍节"……她都会给自己买个玩偶。"没人送礼物，那就自己买。别人送的也好，自己买的也罢，其实都差不多，人有时候只是自己瞎矫情，还把自己搞得那么难过。"

　　小花说："人都是自己成全自己。单身的时候，不要委屈自己。只要自己把生活过好了，就不会觉得单身有多么孤独。"身边有好几个谈恋爱的姑娘都很羡慕小花，因为比起自己的"假男朋友"来说，小花的生活比她们舒坦多了。

　　每一个用心生活的人都是宝宝，是自己的"暖宝宝"。做不了别人手掌心里的公主，当自己的"暖宝宝"也很好。

## 他说不说"我养你",其实并不重要

### 01

"小朵,待会儿走的时候记得把电闸关了。"这是"领导"走之前说的最后一句话。其实"领导"也不算领导,只是一个刚入公司一年的新人,但对于朵儿来说,办公室里的任何一个人都是她的领导,每天都要等所有人都走了,朵儿才敢下班。看着"领导"远去的背影,朵儿给男朋友发了条微信,然后低下身子,脱下脚上那双6厘米高的高跟鞋,换了一双柔软的帆布鞋—— 一会儿还要挤半个小时的公交车,走十几分钟的路。

一个人下班,一个人买菜,一个人做饭。这大半年来,她都是这样过来的。晚上11点准时和男朋友微信聊天,朵儿告诉男朋友自己很累,男朋友回道:"那你别上班了,我养你。"朵儿没有说话。她知道，让男朋友养自己并不现实。她算了一笔账，自己每个月吃饭、交通、衣服裤子、护肤彩妆等乱七八糟的花费加起来差不多就是男朋友工资的一半了，而男朋友每月的工资也只能勉强维持他一个人的生活。

算了，谁也不用养谁，自己挽起袖子挣生活费也蛮不错的。

## 02

对于女生来说，"我养你"远比"我爱你"更容易让人眩晕。

在女生看来，"我养你"代表着可以每天被男朋友温柔地吻醒，对方起床穿衣，自己却依旧赖在床上；太阳晒到屁股了，才起来敷个面膜，从衣柜里挑选一条美美的裙子，画个淡妆，然后出门；下午回家，做个简餐，等男朋友回来一起吃饭；饭后他洗澡，你洗碗；临睡前，你躺在他的臂弯里，听他讲公司的事情。就这样，做他一辈子的小公主。

小怪说："我的男朋友只会说说而已。我们在一起的一年，吃饭租房都是AA，甚至我花得还更多。我都不知道他省钱是给谁用的。"

小怪和男朋友逛超市，男朋友能够记住附近超市同类产品的价格。小怪问："你怎么对数字这么敏感啊，这些都记得住？"男朋友笑着说："不是敏感，只是记住了，才能知道哪家超市什么东西便宜，这样就可以省钱，以后给你用啊。"当时的小怪幸福地笑了，多好的男朋友啊！后来小怪才知道，所谓的"省钱给你用"，只是说说而已。

情人节那天，小怪满心欢喜地期待着属于他们的第一个节日，但那天晚上，男朋友却只带她在公司旁边的大学吃了一顿食堂饭，至于礼物，根本没有！

小怪刚和男朋友在一起的时候，男朋友说："要是以后我们吵架了，你千万不要赌气出门，你一个人在外面我不放心，我出去就好了。"后来，他们吵架时，摔门而去的是男朋友。

有的男生就和小怪的男朋友一样，嘴上说着"我养你"，却总是言不由衷，甚至做出伤害女朋友的事。

对女生来说，男生说不说"我养你"，其实并不重要，重要的是，他有没有对你付出真心，并付诸行动。

## 03

好妹妹乐队有首歌叫《谎话情歌》，前半部分描述的是情话，后半部分描述的是谎话。"世界上那么多人，只想和你在一起，当你觉得太委屈，我会紧紧地拥抱你……我是个善良的人，永远都不会伤害你，你也有颗温柔的心，我才不顾一切向你靠近……那么大的世界里，谁遇见谁都不稀奇……当你觉得太委屈，也许是你自己的问题……我是个虚伪的人，早晚也会伤害你，但说不定你已习惯，男人没几个好东西。"

　　每个人生活在这个世界上，都应该自食其力。无论你是男生，还是女生，无论你是单身，还是恋爱，凭借自己的努力，才能换来真正的幸福。

## 为什么他加了你微信，却从来不找你聊天

### 01

前两天，收到一个粉丝的感情求救帖：

"淏哥，前段时间，在朋友的生日聚会上，我认识了一个男生，一米八二的大高个，长得也蛮清秀的，完全是我喜欢的类型。重点是临走时，他主动加了我微信。回去的路上，我一直不停地刷着手机，但是没等到他的消息。最后我实在等不住了，便也不装矜持了，主动打招呼，可感觉他的回复很敷衍。从那以后，他再也没和我聊过天。你说，他这是什么意思。"

一般来说，一个男生，主动加女生微信，如果又没有什么事的话，多半是出于喜欢；就算不是喜欢，或多或少，也是对女生有点儿兴趣。要不然，微信里那么多好友删都来不及，谁

还想去主动扩大社交圈。

我看了下姑娘的头像，挺漂亮，至少外表是大多数男生喜欢的类型。

既然颜值没问题，那多半是内在有些不妥，于是我去翻了下姑娘的朋友圈。

"怎么又感冒了，宝宝真可怜。"配图是自己打针的自拍照。

"请不要叫我小姐姐，要叫我小仙女。"配图是九张自拍照。

"收到红包，开心。"截图是打了马赛克的13.14。

"陪朋友来看画展。"配图是9张同一角度和不同展画的自拍照。

"周末的日常：10点醒，躺床上玩手机，12点开门拿外卖，2点接着睡，4点起，吃饭，继续玩手机……"

看完姑娘的朋友圈，我心里有点儿数了。

我又让姑娘把那个男生的朋友圈截图给我。

果不其然，两人的朋友圈画风差距实在太大。

"看过日出，看过日落。"配图是两张水墨画一般的风景图，下面自己的评论是：图一是去年和朋友在泰山顶看的日出，图二是昨天一个人在桂林看的日落。

"冬天到了，北京的天，又灰了。"配图是自己窗外灰茫茫的一片。值得注意的是，如果仔细看，会发现照片的左下角有一张书桌，上面摆着《人类简史》《小姨多鹤》。

"去深圳出差，喜欢这座冬天也可以只穿毛衣的城市。"配图是一张无脸自拍。不过从白衬衣搭配浅灰毛衣的画风，可以看出这是个精致的男生。

通过对比两人的朋友圈，应该知道问题出在哪里了吧。

女生自恋，朋友圈的自拍照很多；男生颜值高，但不自恋。

女生性格大大咧咧，男生则比较低调；女生的生活显得有些无聊，男生的兴趣爱好蛮多的。

不能说谁的朋友圈格调更高，但这样的两个人，肯定是不适合的。

可能在聚会的时候，男生觉得女生长得不错，是他喜欢的类型，于是要了微信；通过好友后，看了女生的朋友圈，发现和自己想象的差别太大，于是不再联络。

就像是看到一块喜欢的糖果，迫不及待地拆开包装发现是自己最不喜欢的口味，于是就搁置在了一旁。

## 02

虽说朋友圈不是生活的全部，但对刚认识你的人来说，朋友圈就是你的简历。

你去过哪里，看过什么书，喜欢什么音乐，"爱豆"是谁，这些都能从你的朋友圈里看到蛛丝马迹。

两个人如果对彼此的朋友圈都看不上眼，那现实生活中关系也好不到哪里去。

比如你是张国荣的迷妹，恰好他在朋友圈分享了一篇《霸王别姬》的影评。

你喜欢听民谣，他去年在朋友圈发了个李志演唱会现场的小视频。

除了兴趣爱好外，性格什么的也可以从朋友圈里看出来。

你想找个文艺男，但他朋友圈里全是成功学的"鸡汤"。

他想找个温柔贤惠的乖姑娘，但你张口闭口就是"老娘"。

不用多聊，你们不适合。

如果你喜欢温柔居家的阳光男孩，正好翻到一张他的卧室照——浅灰床单，琴叶榕，全是你喜欢的模样。

他想找个有思想的女生，恰好看到你转发了一篇新闻还附上了自己的点评。

这种情况，赶紧深入了解。

## 03

你在加一个人的微信的时候，是不是会去对方朋友圈看看对方合不合你的心意？

同样的，别人在加你的微信时，也会这样。

有句话是怎么说的，你是怎样的人，你吸引到的就是什么样子的人。

如果你想认识六块腹肌的肌肉男，那先在朋友圈里放几张马甲线的自拍照。

如果你想找个喜欢看书画画旅游的文艺男，自己的朋友圈就不能全是吃吃喝喝和嘻嘻哈哈。

愿朋友圈里的你是自己喜欢的模样，愿现实中的你比朋友圈里的还要精彩！

第四章

我们曾共有
过去，
如今却各有未来

## 在一起时天下无敌，分开后各自强悍

### 01

微信朋友圈里有人问："你认为最好的爱情是什么？"

有人说是和喜欢的人白头偕老，有人说是喜欢的人也喜欢自己。我觉得最好的爱情是，在一起时天下无敌，分开后各自强悍。

我说这句话时，想到的是G阿姨和她的前夫。

G阿姨和前夫王叔叔刚认识的时候，两个人都是初中老师，一个教政治，一个教数学，而且两人都是出了名的教学能手。

教师的节假日多，小镇的生活又单调无聊，周末总是会有老师约着一起去茶馆打打麻将，但G阿姨不同，她会到镇上卖卤菜，收益还不错。王叔叔本来挺爱打麻将的，但看到老婆那么勤快，自己也就不好意思那么懒散了，听说市里组织了乡镇老师教学周末培训班，便主动报了名。

王叔叔的教学能力本来就不错，又在培训班里认识了不少市教育局的领导，后来就被县一中调走了。G阿姨的生意也不仅搞得挺红火的，还用做生意赚的钱给王叔叔买了一辆在当时看起来还算不错的摩托车。

平时，G阿姨白天上课，晚上卖卤菜。周末王叔叔开着摩托车回来，有时接G阿姨去城里，给她买当时最时髦的裙子；有时一起回乡下老家，种菜养花。当时，这对小夫妻的生活真是羡煞旁人。

但后来，两个人离婚了，原因没人知道。不过两个人也算好聚好散，偶尔聚会碰到也会寒暄几句。

离婚后，G阿姨从学校辞了职，全身心地投入到自己的卤菜生意，而王叔叔阴差阳错地去了教育局工作，成了公务员。

再后来，就是十多年后的事情了，王叔叔成了副县长，而G阿姨的卤菜摊也发展成了当地知名的食品加工厂。接着，戏剧性的一幕出现了。有一年，县里给当地的企业颁奖，按照排名依次是书记、县长、副县长分别负责，G阿姨领奖时，正好是王叔叔负责颁奖。曾经的教学能手，一个成了副县长，一个成了女企业家，两人站在一起，势均力敌，旗鼓相当。

## 02

周杰伦大婚，没人替蔡依林感到可惜，毕竟你是天王，我也已是天后。邓文迪和默多克，你和"嫩模"大婚，好不热闹，我这边也有"小鲜肉"作陪，照样精彩！

总是有人问，找对象要找什么样的。我觉得除了相互喜欢、彼此适合外，还有一点也很重要：你应该爱一个带给你动力的人，而不是一个让你筋疲力尽的人。

## 03

朋友小P就是这样一个姑娘。

大学毕业后，小P决定跟男朋友一起去上海发展。到了上海的第一晚，原本嗲嗲的小姑娘却一脸严肃地对男朋友说："我们千辛万苦从十八线小城市来到上海就是为了出人头地。只有我们出头了，我们的未来才会更加长久。我既然选择跟你来上海，就是已经做好了一起吃苦的准备。我们不能整天只想着卿卿我我、打情骂俏，而是要努力在这个城市扎根，成为更好的彼此。就算有一天，我们因为某些原因分手了，我们也要成为更好的自己。"

两个人一直遵守着这个约定，努力打拼，下班一起吃完晚饭，就赶紧在各自的书桌前学习充电。小P男朋友说："平日我们就像住在一起的同事，一起吃饭，各自学习，只有周末才会像情侣一样，逛街看电影。"

小P就这样和男朋友在上海相处了三年。三年时间里，小P从运营专员变成了主管，男朋友的工资也从8000元涨到了17000元。朋友打趣道："你们现在应该可以每天像情侣一样，逛街看电影了吧！"小姑娘却说道："现在我俩准备一起考明年华东师范大学的MBA。"

有多少情侣，每天除了打情骂俏外，什么都不做。真以为"有情饮水饱，相看两不厌"？不管你有多么好，对方有多喜欢你，时间久了都会腻。不管男女，都应该不断给自己的生命注入新的东西，给自己和对方一个不断成长的自己。

情侣在一起，爱情第一位。但所谓爱情不是抱着手机相互发一天的表情包，也不是整天抱在一起你侬我侬，而是互相激励，并肩向前。拥有这样的爱情的两个人如果能走到一起，那么彼此的关系绝对会更加亲密；如果没能在一起，也没关系，因为彼此在一起的日子，已经让对方成为更好的自己，这样也不失为一种收获！

最好的爱情不是相互依偎，而是并肩而立，就像两棵树，根紧密地缠在一起，树干各自向上独立。我们在一起的时候，可以天下无敌；如果有天不得不分开，也能各自强悍！

## 正因为不喜欢你，那个人才会和你暧昧

### 01

人偶尔会出现一些奇奇怪怪的幻觉：以为有人在叫你，以为卡里还有钱，以为他也喜欢你。

橘子说："他每晚都会和我聊天，他一定是喜欢我的。"

差不多有半年了，男生每晚都会找橘子聊天。一开始，橘子觉得挺烦的，但久了，橘子发现自己已经习惯了每晚男生的出现。

有一天晚上，男生没有像往常那样找她聊天，橘子一直等到12点才睡——自己不好意思主动找他，却在心里期待着他能主动出现。

第二天，男生准时出现，解释说，昨天手机丢了，今天找

到了。橘子清晰地记得，男生和她一起吃过18顿饭，喝过12杯奶茶，看过8场电影，听过1次音乐会。橘子说："他经常叮嘱我多穿点儿衣服，别感冒。"但上次橘子生病住院，我却没看到男生来过。

橘子不止一次对我说："他一定喜欢我。"

我也不止一次提醒她："他才不喜欢你。"

"他要是不喜欢我，为什么每晚找我聊天？他要是不喜欢我，为什么每周约我吃饭？他要是不喜欢我，为什么约我去看电影？"橘子问道。

"他要是喜欢你，你住院的时候怎么没见他来过？他要是喜欢你，下雨的时候他怎么不去公司接你？他要是喜欢你，怎么会这么久了还没向你表白？"我反问道。

如果一个男生真的喜欢你，他不会只在深夜和你聊天；白天你找他，他再忙也会给你回一句"在忙，一会儿找你"，而不是对你的消息视若无睹。

如果一个男生真的喜欢你，他不会只在嘴上说"天冷了，多穿点儿"，而是在你生病的时候，像丢了宝贝一样紧张。

## 02

橘子追了一个男生两年。橘子找他看电影，他乐呵呵地一起去了；橘子约他一起吃饭，他笑眯眯地答应了；橘子找他帮忙搬家，他也毫不犹豫就答应了。可每次橘子对他表白，他都不说话。

橘子已经在我面前说过N次，她再也不会去找他了。但过不了几天，橘子就会告诉我，她又没出息地找他去了。

橘子问他："我天天这样缠着你，你会不会觉得很烦？"

男生说："不会。"

橘子问我："他是不是也喜欢我啊？要不然为什么我每次找他，他都不会拒绝我。"

我说："当然不是啊，要是他喜欢你，你怎么会追了这么久，还没把他追到手。"

答应和你一起吃饭，一起看电影，一起散步，只是因为他寂寞。人，一旦寂寞起来都一样。有的人，面对不喜欢的人的追求，会果断拒绝；有的人，就这么吊着，毕竟身边有个人陪着总是好的。你以为他是在给你机会证明自己会是个很好的女朋友，其实他是在给自己机会证明你会是个很好的备胎。

那段时间，橘子单曲循环最多的一首歌是林宥嘉的《浪费》："有一个人能去爱，多珍贵。没关系你也不用给我机会，反正我还有一生可以浪费。"最后，男生果然没有给橘子机会。他有女朋友了，不再答应和橘子一起吃饭，一起看电影，一起轧马路。陪女朋友的时间都不够，哪还有心思想备胎。

## 03

正是因为不喜欢你，才会和你暧昧。真正喜欢你的人，巴不得快点儿和你确定关系，哪还舍得把时间浪费在暧昧上。

有的人总喜欢问别人"他是不是喜欢我"，其实，在问这个问题的时候，自己心里早就已经有了答案。他要是真喜欢你，不用问，你自己都知道。你之所以会问，只是想从别人那里得到一个令自己感到安慰的虚假的答案罢了。

很多时候，我们明明知道对方不爱自己，明明知道对方是那么的"渣"，但我们从不愿承认，反倒努力给对方找借口，拼命想对方的好。因为我们从心底渴望被爱。因为渴望而又得不到，所以拼了命地骗自己：他是爱我的。实际上，他才不爱你。

他不爱你，所以才会时不时地撩你，才会和你暧昧不清，才会对你忽冷忽热。

## 99%的矫情都是闲出来的

## 01

最近，我快被朋友C烦死了，因为每天一打开微信，就能看到她发来的各种负能量文字。

"同事每天都有男朋友来接她，我却只能一个人辛苦挤地铁。"

"前任又换女朋友了。他现在过得这么好，应该把我忘了吧！"

"每天工作累得半死半活，工资还那么少，怎么养活自己啊？"

"我最近状态好差，对什么都提不起兴趣，我是不是病了啊……"

要不是看在认识七年的情分上，我早就把她拉黑了。自己交的朋友，含着泪也要把微信回完："之前听你说同事很受总监重视？你看，人家不光感情比你如意，工作能力还比较强。你不赶紧把工作做好，还有时间在这里瞎矫情……前任都换了三个女朋友，你却依然是'单身狗'。还不赶紧去买身衣服，烫个头发，在这里向我抱怨有什么用。养不活自己就去照镜子，如果可以靠脸吃饭，就赶紧找'富二代'嫁了，不行的话，就回去加班。我看你最近不是病了，是太闲了！"

打完这一通字后，顿时感觉神清气爽。

"忙是治疗一切'神经病'的良药。"这句话很对。忙碌之后，就没有时间伤感了，没有时间"八卦"别人的生活了，更别提"花痴"了。我坚信：99%的矫情都是闲出来的。

## 02

去年这个时候，我正忙得晕头转向。

每天要打理公众号的事情，每周有3篇约稿要写，负责创作一个微电影的剧本以及宣传片的拍摄和剪辑工作。另外，还有一万多字的科研论文要结题。

每天早上起来，我连用洗面奶的时间都没有，拧开水龙头，随便洗把脸，就要赶着出门。先去拍早晨的镜头，拍完扛着摄像机到机房剪片子；忙到中午，赶紧往嘴里塞两口饭，然后打开电脑写论文；匆忙吃完晚饭后，又得投入写稿子；等稿子写完了，也差不多夜里12点了，换鞋子，下楼跑步半小时，回来洗澡睡觉。那段时间，就连回复别人的微信，我都是在马桶上解决的。不过，虽然那是我最忙的一段时间，却是我最开心的时候。

感情上的事情也不想了，因为写稿比前任重要；吵架的事情也不掺和了，因为拍片子比打嘴仗有趣；人生也暂时不用思考了，因为赚钱比瞎迷茫靠谱。

人只要忙碌起来，许多原本搞不懂、想不通的事情都会迎刃而解。

## 03

Y姐，34岁，单身，战斗力超强。

之前旅游的时候，在她家借住过一周，亲眼看到了她一周的时间安排。

工作日，8点起床，一边听新闻，一边洗漱；8点半准时出门，晚上8点回家；到家后，边和我聊天边收拾东西准备去健身房或者游泳馆；10点锻炼完回家，继续工作；11点，开始看雅思辅导书；12点，贴着面膜想会儿明天的工作细节。

休息日，上午在家睡觉看书，下午出去逛街或者打球，晚上回来看一部电影，然后写一篇影评。

有次和她打趣："你每天这么忙，不累吗？"她一边飞快地敲着键盘，一边笑哈哈地说道："忙点儿好呀。"

去年这个时候，她从上一家公司辞了职，在家休息。那段时间她整天闲得没事干，各种瞎想：

"我都34岁了，会不会一辈子嫁不掉了？"

"以后要是老了，会不会一个人死在屋子里都没人知道？"

"别人都有老公孩子，我却单身一人，我的人生好失败。"

"别人会不会以为我得了什么病，这么大岁数了还没结婚……"

原本打算趁机好好休息调整，结果越想越觉得恐怖，干脆提前返回职场。

"现在好了，忙起来了，什么鬼毛病都没了。"

人家床头的书堆起来有半米高，豆瓣上写过的影评加起来有几十万字，兼职收入比工资还多，刚交了第二套房的首付……人家忙着读书、健身、考研、考雅思、升职、加薪、赚钱、出国……哪还有时间瞎矫情。

## 04

我一直觉得，忙是治疗矫情的最好良方。99%的矫情都是闲出来的。因为闲，才有时间一个人胡思乱想，以至于把自己逼到死角。

当你忙碌了一整天，沾着床就能睡着的时候，哪还有心思想"我好迷茫，敢问路在何方"；当你把瞎矫情的时间拿去看书、跑步……哪还有时间考虑"他到底爱不爱我"这样乱七八糟的问题。当你每天为了生活而努力奋斗时，哪还有精力去掺和其他的事情。

在以后的日子里，把你深夜矫情的时间，都用在看书学习上；把你胡思乱想的精力，放在提高工作业绩上；把你奋不顾身的勇气，用在实现梦想上；把你暗恋表白的心思，花在提升自我上，相信我，矫情的毛病肯定可以治好，还不易反弹发作！

## 不要小看一个穿高跟鞋的女人

01

许舜英给 Stella Luna 写的文案里说："真正让女人沉溺的鞋子，绝不只有外表，还有一种穿上了就不想脱下的欲望。"

以前不是很懂女生为什么那么痴迷于高跟鞋：走路不能走太快，逛街时间长了会累，不注意偶尔还会崴脚，晚上回到家连脚趾都在喊痛。我一直觉得高跟鞋就是女人为了美在故意"作死"，直到认识了吉娜。

吉娜简直是个高跟鞋控！3厘米的低跟、5厘米的中跟、8厘米的高跟、12厘米的恨天高，细跟、粗跟、楔跟、钉跟、坡跟，优雅黑、斩男红，铆钉的、带链的、镶钻的……第一次去她家的时候，我被她家的鞋柜吓了一跳。大大的鞋柜里摆了四十多双高跟鞋，只有最底下一层里摆了双有些格格不入的跑鞋。

我问吉娜："这么多高跟鞋，你穿得过来吗？"吉娜不屑一顾地回道："多么？我还嫌少了。这几双黑色的，是周一开例会搭配套裙的；这两双普拉达和巴利，是去甲方那里提案时专用的；这三双红色的，是拿来和男人约会的；这双紫色的，是和好姐妹去酒吧嗨的时候穿的……高跟鞋就是我的命啊。只有穿上高跟鞋，我才会觉得自信。"

吉娜说的全是实话。她身高不高，五官也不是很漂亮，以前的她属于丢在人群中都不会被发现的那种，公司开会永远安静地坐在角落。可能是无法忍受闺密男朋友换了好几个，自己却还没人追，也可能是不甘心被男同事开玩笑，吉娜决定改变自己。

第一步就是给自己买双高跟鞋。吉娜果断给自己买了一双8厘米的高跟鞋。以前喜欢跑鞋的舒服，现在觉得漂亮比舒服重要。第一次穿高跟鞋，体验很不好，脚痛，脚趾被挤得很难受；走路不稳，总担心随时会摔倒；鞋子便宜，穿着特别不舒服；晚上回到家，一脱鞋发现后脚跟已经流血，脚底也起了水泡。吉娜哭着把高跟鞋扔在一旁，给自己打了一盆热水泡脚，发誓再也不穿高跟鞋了。

第二天，她犹豫了一下，还是把脚塞进了高跟鞋。走在路上，因为脚趾还是会痛，所以不敢走快步，生怕别人发现自己的不适；明明自己的脚如同走在刀尖上，却还要硬摆出一副云淡风轻、毫不做作的姿态。一天天坚持下来，她熬过了最难受的那段时间。

等脚适应了高跟鞋，她剪掉了干枯的长发，换了干爽的短发；硬生生地戒掉了晚饭，逼着自己每天晚上跑步半小时；跟着美妆博主学化妆，嚷嚷着让闺密带自己去买新衣服……一点点的改变，一点点的变好看。

都说从头再来，其实从脚再来也不错。不要小瞧一个穿高跟鞋的女人，穿高跟鞋的女人都是狠角色。敢把脚硬塞进高跟鞋的女人，就能为了瘦忍住夜宵、坚持每天跑步半个小时，也能在已经困得不行的时候，还强打精神卸妆敷面膜。

美是要付出代价的。穿高跟鞋的女人，愿意承担这种代价！她们不一定有多么精致的面容，多么魔鬼的身材，但她们敢于对自己下狠心，决不允许自己变得邋遢和平庸。

## 02

高跟鞋对于一个女人来说到底意味着什么？

在一期《非诚勿扰》中，女嘉宾对着男嘉宾深情表白："高跟鞋是我的骄傲，我觉得穿上高跟鞋自己就是个女王，但今天我愿意为了我喜欢的人放下我的骄傲。"然后脱掉了自己的高跟鞋，一步步走向男嘉宾，抬起头仰望着他。

高跟鞋对于女人来说，代表着美丽和成熟，也代表着骄傲和野心。

我上一家公司的行政总监A姐说她第一次找工作时，在面试那轮被刷了下来，虽然之前的笔试都是第一。当时还很年轻的A姐接受不了这样的打击，忍不住跑到洗手间哭了。公司前台的姑娘正好经过，递给她一包纸巾，然后说："下次面试，记得穿高跟鞋。"A姐这才想起来，其他面试者都穿着高跟鞋和套裙，画着精致的妆容，一副干练的模样，只有她穿着休闲鞋和牛仔裤，一副学生的模样。

高跟鞋是女人职场的利剑。不信，你看那些在高档写字楼里工作的白领，哪个不是穿着一双优雅的高跟鞋。

电影《杜拉拉升职记》中，刚入职场的杜拉拉每天都要在公司门口把自己的平底鞋换成高跟鞋，后来从行政专员变成总监后，她就再也没换过鞋了，而且鞋跟变得越来越高，步子越来越轻快。

《穿普拉达的女王》里面，女主角安迪从被狂虐的职场"小白"蜕变成在上司面前游刃有余的助理后，鞋子也从平底鞋换成了普拉达的经典高跟款。

高跟鞋代表的是一个女人的欲望和野心。越是痴迷于高跟鞋的女孩，越有向上的欲望。那种俯瞰世界的感觉真的很好。

穿上高跟鞋，会感觉整个世界都要为你让道。女人只有站在高跟鞋上才能看清楚这个世界。

## 03

女人脚上穿的不仅是一双鞋子，还是未来的路。能驾驭高跟鞋的女人，更懂得驾驭自己的生活。她们知道什么是美好的、漂亮的，也愿意为了美乐此不疲。一双高跟鞋里，不仅有女人的美貌，还有对精致生活的追求和对未来的野心和欲望。

千万不要小瞧一个穿高跟鞋的女人，你永远不知道她会变得多么美丽和强大！

## 你也是那个在深夜偷偷流泪的人吧

### 01

晚上10:50匆忙从公司楼下跑到地铁站，快速刷卡往下跑，还好在地铁门关闭前的最后一秒赶上了最后一趟地铁。

晚上11:20走出地铁口，雨已经下得很大了。准备拿起背包，顶着回去，突然想起电脑还在里面。对于刚毕业的我来说，电脑可比身体值钱多了，于是果断把书包放在胸前抱紧，冲出了地铁站，一路小跑着回家。

走到小区门口，昏黄的灯光让人难受。抬起头，那个黑漆漆的窗口位置就是我的家。在家门口掏钥匙，掏了很久，急得发慌，生怕钥匙丢了，没地方可去。打开门，冷冰冰的空气扑面而来。进到卧室，赶紧打开背包查看，还好电脑没被打湿。

脱掉湿漉漉的衣服，洗了澡，懒得用吹风机吹头发，用毛巾擦了擦，吃了两片感冒药，上床躺着玩手机。

辗转反侧，难以入睡，想给某人发消息，打开了对话框最后还是退出了；发了一条朋友圈，马上又锁了起来；想找个人说话，却不知道该找谁；耳机里传来熟悉的音乐，明明是听过千百次的旋律，还是轻易就被打动。夜深适合矫情，侧睡的最大坏处就是，会让左眼流出的眼泪流进右眼眶。

觉得自己好没出息，告诉自己不许哭，但下一秒还是泪流不止。算了，没出息就没出息吧，这世上没出息的又不止我一个。反正大晚上的，被窝里只有我一个，又不会被人看到，白天嘻嘻哈哈已经够了，晚上就尽情地哭吧！

## 02

我喜欢南方，也喜欢夏天，因为这样太阳就会晚一点儿落下，夜就不会那么长。

小的时候，如果天黑了，我还在外面，心里就会发慌，总担心今天回不了家了。长大后，经常天黑了才出门，晚上11点还在外面和朋友瞎转悠，偶尔也会凌晨2点一个人在外面闲逛——晚上不再害怕独自在外面，却开始畏惧一个人在家。

夜深人静的时候，一个人的情绪太容易被放大。总是忍不住去想那些糟心的事，总是忍不住把自己逼到死角，总是忍不住一个人流泪。

以前一个人深夜偷偷掉眼泪的时候，总觉得自己有病，后来才发现，人孤独起来都一样。失恋的时候，觉得自己从来没被人爱过；和家人吵架的时候，觉得自己被全世界抛弃了；工作不顺的时候，怀疑自己是天底下最没出息的人。

## 03

微信好友一大堆，却不知道心中的难过应向谁倾诉；手机通讯录里的联系人也一大堆，却没有一个可以拨通的号码；忍不住发个朋友圈，又觉得不太好，秒删。

白天和朋友在一起的时候嘻嘻哈哈，有说有笑；安慰起人来套路多多；与别人合影时，总是笑得最美的那个；在别人眼中你是英雄，从不会为了一点儿小事让自己难过。

可当你一个人走回家，打开门的那一瞬间，所有的坚强和快乐都会被冷冰冰的空气轻而易举地击碎。你躺在床上，思绪翻涌，突然觉得胸口有点儿堵得慌，鼻子酸酸的，眼泪不知道什么时候流了出来。

那天在网上看到一个帖子："大家有没有在深夜流泪的经历？"有些回复让我印象深刻。

Ａ：在一起四年的男朋友劈腿了。分手后，我整晚睡不着觉，给自己买了很多酒，难过的时候就拧开一罐，边喝边哭。有次喝醉了没忍住，给男朋友打了个电话，结果是那个女孩子接听的，说了句"你不是最讨厌小三吗？现在你和我当初有什么两样"，从那以后，我再也不敢喝酒了，改为抽烟……

Ｂ：高三那年，每天晚上必是泪水伴我入梦乡。考试成绩不理想，每次都在本科线上下徘徊。爸妈天天闹离婚，外婆经常给我打电话，说妈妈又被爸爸打了，让我一定要考个好大学。有次做数学题，突然想到了自己那个破家，忍不住哭了，老师看到后问我怎么了，我只能说题太难了……

Ｃ：我最近状态很差。工作不顺心，每月工资2400元，除去必要的开支，连条喜欢的裙子都买不起。成都接连几天都在下雨，昨晚半夜突然惊醒，发现又是暴雨。以前下雨的时候习惯抱着男友，那样睡得比较安稳，现在床上只有一堆娃娃作陪……堆积压抑了好多天的情绪再也忍不住，就哭了……

## 04

小时候，丢了一颗糖都能哇哇大哭好久，而现在，心口被人插了一把刀，还要笑着说："我很好。"

人总是越长大越孤独，越长大越懂得隐藏自己的情绪。后来，我不再逢人就说自己的心事，不再轻易透露自己的秘密；和朋友一起，也不愿意反复念叨自己的难过，怕被当作讨人厌的祥林嫂。至于心情，如人饮水，冷暖自知，个中滋味，自己体会就好。

也许所谓成长就是逼自己把难受从铃声调成静音的过程。不过没事，夜晚是属于我们自己的。想哭就哭吧，白天已经够憋屈了，晚上何必再委屈自己。不过你也要记住：不管你前一晚怎样抱枕痛哭，第二天这城市照样车水马龙。哭过就好了，洗把脸，快去睡，毕竟夜还长，未来也很长。

## 你啊你，一个如此普通的你

### 01

你，长相普通，身材一般，属于走在路上别人不会多看一眼的那种。心情好的时候，照照镜子会觉得自己长得还不错，但更多的时候，你还是有自知之明的。每当对自己的长相不满意的时候，就决定换发型，换来换去才发现是脸的问题。你身材也不是很好，没有大长腿，没有"人鱼线"，买了一件好看的衣服，却发现穿在自己身上真是浪费。

你，家境一般，往上翻好几辈，也没有什么特别显赫的亲戚。父母都属于那种没读过什么书，靠卖力气吃饭的人，虽然有的时候挣得多，但也仅仅是有的时候，你无意间说想买房，他们沉默了一会儿，告诉你要努力向上。

你，工作一般，在一家不好不坏的公司上班。公司大多数人都没有太多的激情，偶尔有几个拼命努力的年轻人，一边加班加点为公司卖命，一边准备领完年终奖就跳槽。公司人不多，事儿却很多，老板脾气也不好。你和同事的关系不好不坏，午休的时候一起说说笑笑，聊聊八卦；下班后，各自回家。

你，收入一般，每月的工资5000元左右。工资永远跑不赢房价，买房看来暂时毫无希望，你偶尔也会担心自己最终会这样狼狈地滚回老家。你每月的房租是一千多，每月的生活费不到两千，每天都能吃饱，偶尔可以吃好，咬咬牙，还能买几件心仪的衣服，想换个新手机，就得找朋友借点儿。你每天都在省钱，可是到月底还是发现没存下多少。

你，目前单身，没有喜欢的人。谈过几场不痛不痒的恋爱，最后莫名其妙就分手了。听到耳机里的情歌，你也会有感触，却不知道自己在想谁。寂寞了你就撩一下微信里的人，更多的时候，你习惯一个人吃饭，一个人逛街，一个人看书，一个人睡觉。

你，没什么特长，不会画画，不会乐器，唱歌还跑调。你也没什么兴趣爱好，看的都是"青春""梦想""迷茫""努力"一类的"鸡汤"和励志书。你电影看了不少，但除了好看和不好看外，就再也说不出一个所以然。除了工作上的东西可以在外行面前说几句，其他时候只能闭嘴听别人讲。

你啊你，一个如此普通的你，就像一次性的塑料饭盒，无色无味，中规中矩，丢在路上，都没人愿意捡起。

## 02

某天夜里突然醒来，你发现自己不能再这样碌碌无为下去，你说你要改变自己。你给自己罗列了一大堆计划：努力工作，争取加薪晋升；用心读书，发誓每月至少啃完5本书，做一个灵魂有香气的人；下班后跑步，周末去健身房锻炼，身体和灵魂都要在路上。你还跑去楼下拐角的乐器店买了一把吉他，发誓做一个文艺青年。

第二天，你走在路上，心情特别好。你看到晴空万里，阳光正好，开始觉得自己即将脱胎换骨，成为自己想要的模样。可最后热血抵不过时间，"鸡血"过后，你还是那个你。

跑了两天步后，城市开始下雨，你便再也没有动过；买来的书，拆了3本，翻了两页，你也不知道为什么一看书就犯困，而玩起手机来又精力旺盛；买来的吉他摆弄了一个星期后，就一直放在那里，再也没去碰，偶尔踢到，还会嫌弃它占地方。

你偶尔也会有负罪感，觉得自己真没出息，有过那么多的梦想，结果一个都没有实现。看着喜欢的人和别人在一起了，只会自言自语"今天的我你爱搭不理，明天的我你高攀不起"；

今天羡慕这个，明天妒忌那个，但从来不从自己身上找原因。碰到一点儿压力就把自己搞得不堪重负，稍微遇到点儿瓶颈就觉得未来一片惨淡，偶尔努力下，便恨不得在朋友圈里感谢一千次自己。

## 03

你渐渐发现自己活得又累又不开心。偶尔讨厌自己，下一秒却在微博上狂转那些"人要好好爱自己"的金句。有的时候觉得自己混得挺惨的，二十多岁，没车没房还没段靠谱的感情，但用不了多久，你又安慰自己"年轻是最大的资本，一切都还来得及"。

你越来越迷茫，越来越矛盾，后来干脆安慰自己：活在当下。你不再担心自己一事无成，反倒告诉自己平凡可贵；你不再提起曾经的梦想，反倒告诫后辈理想无用；你所有的固执和骄傲都开始消散死去，浮出了一张无可奈何的笑脸；你就像房地产开发商一样，看着自己建起的大楼轰然倒地，然后平地而起一座新的大厦；你发现自己所谓的标准可以轻易被降低，所谓的底线也可以随意被修改。

你不知道这样是好是坏，你只知道这样的生活还算舒服。虽然还有点儿缺钱，但你觉得自己还算年轻，一切都不着急；

虽然手头还有很多工作要做，但你觉得养花喝茶、逛街旅游更为重要；虽然曾经和你站在同一起跑线的人已经遥不可及，但你却说"做人嘛，开心就好"。

或许，生活的不幸永远不会降临在你的身上，你会这样平稳地度过一生，不好也不坏。或许，多年以后，当你跌落谷底，想要翻身，却发现自己已不再年轻，你看着大街上一个个充满朝气的面孔，神经病般喃喃自语："我那时很年轻，还有很多的梦想……"

# 你是在谈恋爱还是在养儿子

## 01

朋友聚会，第二盘肥牛都已经下锅了，小余才匆忙赶来，一边道歉，一边潦草地整理头发。

小余自从谈恋爱后，和大家的聚会就变少了，即使参加聚会也是常常迟到早退。如果是忙着和男朋友花前月下也就算了，可她却是每天都在忙着照顾"嗷嗷待哺"的男朋友。

男朋友的胃不好，小余便在家做饭。每天下班后，已经精疲力竭的小余还要踩着高跟鞋赶到附近的菜市场买菜，然后马不停蹄地赶回家做饭。男朋友偶尔也会帮着洗碗，但更多时候，家务活都是小余在做。等小余洗完碗，把脏衣桶里的衣服分类洗干净晾好，男朋友已经洗完澡，躺在床上玩手机了。每次聚会，别的姑娘都忙着换衣服化妆，小余却是赶着把饭为男朋友做好。以前连芹菜和香菜都分不清楚的姑娘，现在已经成了熟练的厨娘。

我经常调侃小余："你看你现在哪里像个二十多岁的小姑娘，简直和五十多岁的大妈没什么区别。不，你比大妈还惨，大妈晚上还有时间跳广场舞，你，忙得连睡觉的时间都不够。"

像小余这样的姑娘，我身边还有好几个。熟悉她们的人知道她们是在谈恋爱，不清楚的，还以为是在养儿子。

## 02

一段好的恋爱，应该让人感到欢喜，而不是身心疲惫。

为什么"大叔"越来越受欢迎？因为和不成熟的男人谈恋爱，真的太遭罪。不成熟的男人，除了在恋爱中喜欢以自我为中心，不懂得照顾对方情绪外，最大的问题是没有责任感。

贝贝的前任就是这样的男生：吃饭总是去自己喜欢的餐厅，女朋友吃得少，还怪她挑食；吵架的时候，从不会主动和解，要么冷战，要么以一句"你们女孩子就是事多"给糊弄过去。

刚毕业的时候，贝贝和男朋友挤在狭小的出租屋里，所有开销都是两人平摊。工作两年，贝贝的工资从4000元涨到了7000元，男朋友的工资依然是4000元。每天下班回来男朋友除了抱怨工资低外，就是打游戏。

有一天，男朋友突然告诉贝贝自己辞职了。

贝贝问："找好下一份工作没？"

男朋友掐灭了烟，淡定地来了句："不急，慢慢找。"

就这样，男朋友在家待业了两个多月，全靠贝贝养着。每天贝贝回家，面对的是堆满衣服的床，被各种外卖盒子塞满的垃圾桶，还有一个坐在电脑旁高喊"你眼瞎啊，马上要被打死了"，然后扭过头问"媳妇儿，饭好了吗"的男朋友。

可能是受够了房间里浑浊的烟味儿，也可能是受够了眼前这个除了打游戏以外，什么都不会做的男人，贝贝和男朋友分手了。"不是不爱了，是太累了。五年了，他还是那样，永远像个孩子一样，什么都要我处处让着他，什么都要我去教。一个女孩的青春能有几个五年？我已经耗掉了一个五年了……"

贝贝现在的男朋友，和前任完全不同。

有次约会，贝贝先到，发现他在门口站了一会儿才进来。对方解释说自己刚抽了烟，在外面散了会儿味道。

贝贝和同事发生了矛盾，男朋友安静地听贝贝倾诉，等贝贝心情平复后，给她倒了一杯水，然后理性地帮着分析对错，想解决办法。

成熟的男朋友与不成熟的男朋友有什么不同？成熟的男朋友在和你吵架的时候，会主动道歉，而不是把你晾在那里，让你生闷气；遇到问题的时候，会主动承担责任，想办法解决，而不是比你还慌；制订未来计划的时候，会把你考虑进去，而不是把你当作他的附庸品。

## 03

《致青春》里面，阮莞和赵世永的爱情就像妈在带儿子。

阮莞成熟懂事，遇事沉稳冷静；赵世永胆小懦弱，遇事只会退缩。走在路上让全校男生回头的阮莞，能用她特有的清冷守护她对爱情的忠贞，而赵世永犯了错后，第一反应就是找阮莞。镜头里，赵世永像个孩子一样低着头，坐在床边，阮莞抱着他的头，像哄儿子一样安慰他。惹事的是赵世永，解决问题的却是阮莞。

多年以后，两人从校园步入了社会。赵世永的背带裤换成了西服，刘海变成了油头，自行车换成了小汽车……从外表看，当初那个青涩稚嫩的男孩已经成了一个成熟的男人。但当阮莞说出那句"我怀孕了"的时候，所有外在的假象都被打破，赵世永还是那个没有长大的男孩。当年那个打胎的女同学说得对："赵世永，他配不上你（阮莞）。"和成熟的男人谈恋爱能被宠成小公主，和不成熟的男人谈恋爱只能变成照顾人的大妈。

抱歉，我没有那么多的精力去让你学着变成熟，我不想用自己的青春去教你什么是爱和责任，我也没那么多时间去陪着你慢慢长大。虽然我很爱你，但是抱歉，我只能爱你到这里。因为，我才二十多岁，只想找个人好好谈场恋爱，享受被爱的感觉，而不是去养一个二十多岁的儿子。

## "死了"的前任，才是最好的前任

### 01

前两天，在网上看到这样一个段子："带三岁女儿去儿童乐园玩，遇到初恋男友带着儿子也在儿童乐园，于是我们俩让孩子自己玩儿，我们则在旁边坐着聊了会儿天。由于好多年没见面了，也没有什么话题，气氛一度非常尴尬。初恋男友率先打破尴尬——'听说你到处对人说我死了。'"

虽然是个段子，但我身边真的有这样的朋友。分手后，每当开玩笑问道："你前任呢？"朋友就会没好气地回道："死啦。"

一个好的前任，就应该像"死了"一样，互不打扰，各自安好。知道你过得好，我会不甘心；知道你过得不好，我会跟着难受，干脆什么都别让我知道最好。你想我了，别告诉我；你结婚，也别邀请我。在我心里，你已经"死了"。即使还爱着，也没用，反正都"死了"；如果有所记恨，也该释怀了，反正都"死了"。

"死了"的前任，才是最好的前任。

## 02

有些情侣分手后，还藕断丝连，经常联系。该断不断，日后必受其乱。如果真放不下，趁还来得及，去复合；要是不爱了，那就别再联系，彼此放过对方。

想起之前分手时，前任说："希望你以后过得好。"我说："过得好又怎样？过得不好又如何？好与不好，都和你无关了。"我好与不好，都与你无关；你幸福与否，也与我无关。我的未来，你不能奉陪到底；我的现在，你也没必要再参与。

曾经相濡以沫，后来相忘于江湖。记性太好的人，是走不了远路的。

## 03

我不是太能理解那种分手后还能做朋友的人。分手后，如果还能做朋友，那只有一种可能，就是从来没爱过。但凡是真心爱过的人，都不可能做到分手后，还能做朋友。只要多看你一眼，我就忍不住想重新拥有；只要和你说句话，我就难以释怀你带给我的伤痛。朋友可以做恋人，但恋人永远做不了朋友。擦脸的毛巾可以拿来擦脚，但擦过脚的毛巾还能拿来擦脸吗？

分手后，就没必要再做朋友了。我朋友那么多，又不缺你一个。

分手后，不吵架，不记仇，已经算是最好的结局了。至于做朋友，还是算了吧！我能和朋友一起吃饭唱歌旅游，你能陪我去吗？我生病住院，朋友可以来照顾，你能做到吗？

分手之后，我们不能做朋友；分手之后，我们只能成为最陌生的人。

## 04

有人问："前任联系我，是不是还爱着我？"

前任会联系你，多半是这几种情况：当他和新欢闹别扭的时候，想起了你的温柔；当他躺在床上荷尔蒙分泌过多的时候，想起了你们曾经的缠绵；当他一个人走在熟悉的街头，忍不住想起了你们在一起的时候。他会想你，才不是因为忘不了你；他再找你，才不是因为还爱着你。先说爱的先不爱，后动心的不死心。别傻傻地为了对方的一则消息激动不已。别以为他找你，就是要和你复合。

大多数情侣，一旦分开，就是永别。破镜重圆，重归于好的，向来是极少数。大多数的我们，都是两条相交线，一旦过了那个交点，只会越走越远，再也不见。

敬往事一杯酒，再爱也别回头。

告诉自己："我的前任，他已经'死了'！"

# 满分100分，你的男朋友能及格吗

## 01

经常有粉丝问我这样的问题："我觉得我的男朋友不爱我，但每次他又说他很爱我，我不知道他到底爱不爱我。"

到底什么是爱，谁也说不清楚。但是不是一个优秀的男朋友，确实可以通过一些具象的指标去衡量。

## 02

如果把男朋友分为100分，那么来看看，你家男朋友能及格吗？

0分男朋友——对于"单身狗"来说，这是一道送命题。

10分男朋友——长相普通，能力一般；脾气不是很好，吵架从不道歉；微信里暧昧对象一大堆，偶尔还会给你来个劈腿。

20分男朋友——这个男生脾气会稍微好点，和你吵架后，通常冷战上几天，然后主动找你说话，但是道歉是没指望的。

30分男朋友——这个男生会偶尔关心你一下，给你发几条不痛不痒的微信。他嘴巴特别甜，"我爱你""我想你""我会照顾你一辈子"是他最常说的话，但一旦遇到事，他就像消失了一样。你生病了，他只会让你多喝热水；你来"大姨妈"了，他只会淡淡地说："女孩子不都这样吗？过几天就好了。"

40分男朋友——朋友圈里从来没晒过你的照片，甚至看不到一点儿他在谈恋爱的痕迹。他发给你的消息，你总是秒回；他回你的消息，就像是轮回。和这种男生谈恋爱，你会严重缺乏安全感，觉得自己不像是他正式的女朋友，总担心下一秒他就会和自己提分手。

50分男朋友——除了生日外，你从来收不到他的礼物，情人节、圣诞节、"520"貌似通通都与你无关。你不高兴了，生气闹别扭，他还会觉得你矫情，等下次过节，他可能会有所改变，给你发个五块二的红包，这节就算给你过了。

60分男朋友——这是大多数女生的男朋友。长相还算可以，能力一般，性格不好不坏。和他吵架的时候，偶尔他还是会低头哄哄你。虽然没有劈腿，但走在路上还是会瞄其他姑娘，有女生主动送上门，多半也不会拒绝。

70分男朋友——这种男朋友，会主动在朋友圈秀恩爱，他身边的朋友都知道你是他女朋友。儿童节、圣诞节、生日、纪念日……他都没有忘记过，会给你准备一份小礼物，东西可能不是太贵，但这种仪式感会让你觉得很开心。

80分男朋友——这种男朋友最重要的一点就是细心。你稍微有点儿不高兴了，他都能看得出来，然后主动问你原因；他会记得你喜欢吃的口味，每次去的餐厅都是你喜欢的；生病的时候，他会给你买好药；"大姨妈"来看你的时候，他会主动洗碗做饭，不让你碰凉水。

90分男朋友——七八十分男朋友会做的，他基本上都能做到，最重要的是，他的人生规划里，永远有属于你的位置。在他眼中，你不仅是他的女朋友，更是他的未婚妻，是要和他共度一生的人。他会主动带你去见爸妈，会为你拒绝其他女生的暧昧，会为了两个人的未来努力奋斗。他每做一个重大的决定之前，都会把你考虑进去，询问你的意见。在他心中，你们不是"我和你"两个个体，而是"我们"这个共同体。

100分男朋友——在这个世界上，永远没有100分的男朋友。没有绝对完美的恋人，只有互相包容的情侣。

如果真有满分的男朋友的话，只有一种情况：因为你爱他，所以愿意给他加分，即使他只有60分，在你眼里他也是100分。

# 梦想是保持动力的最好方式

## 01

中学时期，我在镇上的学校度过。

当时，进县城的机会特别少，进城对我来说就像是过节，每次我都会提前把最喜欢的衣服预留出来。那时，在县城找份普通的工作，买套房子，成为城里人，就是我最大的梦想了。我羡慕那些可以骑着自行车穿过两条梧桐树大道去上班的人，也为能够每周去农贸市场斜对面的那家烧烤店吃烤肉而感到自豪。

现在回想起那时的想法，觉得既可爱又可笑。

后来，我去了更多的地方，开始爱上城市夜晚玻璃幕墙的荧光璀璨，渐渐遗忘了家乡田野的蝉叫蛙鸣。我羡慕那些穿梭在大城市高档写字楼里年轻干练的白领，我羡慕那些在顶层饭店端着一杯红酒俯瞰城市的精英……至于自己曾经渴求的生活，早就被不断前进的脚步遗忘在了身后。

此刻的我，已经可以在县城买一套很好的房子，不再是当初想要的那种小房子；可以找一份相当不错的工作，而不是一份很普通的工作。我终于有能力让自己过上曾经想要的生活，却发现自己早已对这样的生活不屑一顾，于是毫不留情地把曾经的梦想踩在脚下，然后向着新的远方不断前进，忙忙碌碌，马不停蹄。

有朋友对我说："像你这样的人注定活得不会太开心，因为你这人贪得无厌，永不满足。"

## 02

欲望之所以得不到满足，是因为只有不被满足的东西才能称为欲望。欲望就如被切开了一个很大口子的胃，即使你昼夜不息、拼命努力，也永远没有填满的一天。

在没有做微信公众号的时候，我很羡慕那些拥有上百阅读量的文章，常常想每天能有几百人阅读自己的文字会是一件非常幸福的事情。拥有了自己的微信公众号之后，我最初的目标是在大学毕业之前，能够拥有一万名粉丝，出乎意料的是，粉丝量竟从一万涨到了两万、三万……就连老师都开玩笑地说：

"你的个人微信公众号的粉丝比学校官方微信的粉丝都多，是不是感觉很开心？"根本没有！相反，看着自己的公众号阅读量从个位数升至两位数，再到现在的五位数，我感到更多的是难过。某个"95后"的个人微信公众号，仅凭点赞数就可以秒杀我的阅读量；某个同龄人，微信公众号的粉丝有三十多万，已经把微信公众号运营成了公司；今天这个朋友又出"爆文"，明天那个朋友一夜"圈粉"几万……我的心情越来越低落。

是我忘记了，我忘记了一开始我想要的并没有那么多，我忘记了那个粉丝刚到一万就欣喜若狂的自己，我忘记了当初自己许下的那个小目标早已超额完成。

因为不满足，所以只有继续埋头苦干，不敢故步自封，沾沾自喜。欲望像一根长绳，一头系在脖子上，一头系在山顶，它不断牵引着你前进，又让你越发喘不过气来。

最难将息的是欲望，让人欢喜让人忧。

## 03

欲望是保持动力的最好方式。

朋友A每天下班后的第一句话就是："我累得要死，但我一想到工作就会有钱，有钱就可以买SK-II的护肤水、迪奥的香水……我再累也有动力。"

朋友B的考研书里夹了一张上海的照片："我就喜欢大城市的灯红酒绿，等我考到上海，我要尽情地'堕落'，好好放纵。"

每个人心底都有无数个欲望，它们像小虫子一样安静地潜伏在你的内心深处，然后在某个时刻突然被唤醒，让你欲罢不能。欲望不可怕，可怕的是缺乏正视欲望的勇气和行动。希望你不被欲望控制，而是能合理地把控它。

# 做男生的第几任女友不容易分手

## 01

刷微博的时候，无意间看到这样一个话题——"做男生的第几任女朋友最好"。

网友的评论千奇百怪，但结论似乎都差不多：不管第几任，都各有各的不好。

初恋肯定是不行的，大多数初恋的结局，不过是教会他成长。

第二任也不合适，他总是拿你和前任作比较。

第三任也有风险，情场老司机，都分不清是真心还是套路。

……

我想起了小鱼。

　　小鱼和大宁在一起的时候，曾不止一次向我抱怨："下次谈恋爱，我一定要找个没有恋爱经历的男生"。

　　大宁是小鱼的初恋，小鱼却是大宁的第四任。

　　小鱼希望把以前对爱情的所有幻想，都在大宁这里实现，但大宁对待感情的态度，则显得有些随便。小鱼没谈过恋爱，所以大宁给她买个布娃娃她都能感动得落泪；大宁恋爱次数太多，以至于收到小鱼亲手织的围巾时，第一反应是纠结为什么是大红色。

　　终于，所有的矛盾在情人节那天都爆发了。

　　小鱼提前一个月就准备好了礼物，在里面还塞了一张写满情话的贺卡。可等那天到来时，大宁只随口问了句晚上想吃什么就没有了下文。

　　小鱼向我哭诉："我16岁情窦初开，22岁遇到他。这6年里，我幻想过关于恋爱的100种可能，可没想到他给了我第101种。"

　　再后来，小鱼又恋爱了。这回如愿以偿，对方是个恋爱经历为零的男生。小鱼本以为这次总算遇到了对的人，可后来发现，还是没有想象的那般美好。

　　可能是受不了男生每晚和学姐学妹说晚安，可能是受不了对方忽冷忽热的情绪，也可能是受不了对方一吵架就掉头走的潇洒，小鱼又一次分手了。

## 02

很多女生决定和一个男生在一起时，都会关心一个问题：我到底是他第几任女朋友？

女生都试图从男生的过往恋爱里，去判断这个男生到底值不值得自己和他在一起。她们都希望找个男朋友，免自己惊，免自己苦，能把自己妥善保存，细心珍藏，而不是一夜之后，各奔天涯。

真要问做男生的第几任女朋友不容易分手，还真不好回答。

做他第一任。

他会对你很好。

他会在朋友圈公布你们的恋情，动不动就发图秀恩爱；他送你的礼物可能不会太贵，但一定是倾其所有，细心挑选；他每天早午晚安还不够，一联系不上你，就会电话轰炸；他会对你说许多许多的情话，和你畅想你们的以后。

但他也经常惹你生气。你和同班男生多说两句话，他就吃醋半天；你和他吵架，他不是比你还凶就是冷战两三天；他总是给你许下一大堆承诺，可最后全都成了泡沫。

和他在一起，你感觉自己像个保姆，而不是公主。

这样的男生，爱得诚恳，但也幼稚。

你们相遇太早，结局注定是彼此错过。

做他第二任。

他会在你生病的时候，递过来一把药丸，而不是只会在微信那头叫你多喝热水；他会记得你的爱好，排队给你买最爱的抹茶蛋糕；他会在你生日的时候，带你去一直想去的餐厅。

但是，你偶尔还是不爽。

他带你逛街时，总喜欢叫你买白色的裙子，虽然你明明喜欢黑色；你每次剪短发，他都不高兴，虽然他明知道你最讨厌麻烦的长发；他每次带你去海边时，都会变得忧郁，似乎在怀念什么。

后来你终于知道，他忘不了他的初恋，他总是无意识地把你当作她，然后暗自比较；他总是试图改造你，希望你成为她的模样。

都说男人最难忘记的是初恋，似乎所有的第二任都是初恋的替身。

这样的爱，很美好，但少些真诚。

做他第三任。

恭喜你，终于找到了一个成熟的大人。他知道吵架的时候，不能和你讲道理，而是向你道歉，把你哄好；他知道你说买花浪费钱只是嘴上说说，所以每个节日都不会忘记送你一束花。

你似乎找到了那个完美的恋爱对象，但也总觉得少了点儿什么。

他很少和你谈论未来。每次谈到结婚的问题，他就赶紧找话题跳过。

他是爱你，但似乎更爱自己。他只想和你享受当下的欢愉，对于未来却很少考虑。

毕竟，这个阶段的男生，就像一匹飞奔的野马。你想要一个稳定的生活，他却希望未来多点儿可能性。

这样的爱，是成熟，但也世故。

做他第四任。

和他在一起的感觉是那么的好。他可以三个月都不惹你生气，也可以一个吻把你哄好。他就像个爱情专家，不管你怎么使性子，他都能见招拆招，让你束手就擒。

和他在一起没什么烦恼，但总感觉少了点儿味道。

他对你的好，就像套公式一样。

这样的爱，周全，但也套路。

我们这一生会遇到很多人，大多数人和我们都只是擦肩而过。感情本就是"前人栽树，后人乘凉"，我们不可能永远做那个乘凉人。

谁的新欢不是别人的旧爱。

《王朝的女人》里，有这样一句台词："做王的最后一个女人，最幸福。"

同样的，做男生第几任女朋友最好？当然是最后一任！

第五章

**世界再大，**
**也不如一个**
**有人等你的家**

## 你知不知道自己想要怎样的生活

### 01

还没到年底，Z君就早早地回家去了。

"反正待在这里也没事情做，不如早些回家，还不用交房租。"Z君已经待业两个月了。

毕业两年，Z君共换了5份工作。第一份工作是在培训班做老师，第二份工作是在网络公司做微信运营，第三份工作是在京东做客服，第四份工作是在电脑市场做销售，最近这份工作是在优衣库做店员。

我笑他："跨界蛮大的嘛，从教育界到媒体圈，从服务业到销售界……下一步打算进军哪个行业？"

Z君一筹莫展地看着我："你就别笑我了，我都快烦死了。

工作换来换去，房子搬了又搬，忙了大半年，一分钱也没存上，倒是欠了一屁股债。再这样下去，我真的就要被我妈叫回老家了。"

任何一家公司的HR看了Z君这"丰富"的任职经历都会觉得这是个不踏实的小伙子，但其实Z君是一个特别沉稳的人，很想在一家公司一直干到退休。只是他一直不知道自己到底想要什么样的工作，工作换了又换，至今也没找到合适的。

Z君大学学的是新闻专业，但他不喜欢媒体人快节奏的生活，便听从别人的建议去了培训班做老师。他在那里待了3个月，发现自己并不懂如何同那些孩子相处，于是，回归本行，干起了新媒体，结果发现自己还是喜欢不起来，永远比别人慢半拍，做的策划无聊至极。然后他又去做客服。这个他倒还能适应，只是前途渺茫，向公司提出了几次换部门的申请，得到的答复是："这是最适合你的工作……"

## 02

"不喜欢现在的生活，但又不知道自己想要的生活是怎样的"，这是很多二十几岁年轻人的现状。这种状态说文艺点就是"谁的青春不迷茫"。

之前和一个朋友微信聊天，当时她情绪低落，非常烦躁，对任何事情都提不起兴趣。她说："我只知道自己不想要现在的生活，但不知道自己想要什么样的生活。"问题就出在这里。不想要现在的生活，所以什么都不想做，情绪低落；不知道想要什么样的生活，所以不知所措，一直迷茫。

迷茫，是青春期的常态。有的人很快就能从这个状态里走出来，朝着自己想要的生活迈出步子，但大多数人直到更年期到来都还没想清楚自己想要什么。青春期的迷茫就这样随着年龄的增长被活生生地掐断了。

## 03

我的QQ签名是："愿你眼中总有光芒，活成你想要的模样。"庆幸的是，我知道什么样的生活才是自己想要的。

17岁时，毫无征兆一夜长大，开始思考自己的人生，思考自己的未来。自己选了路，就勇敢地跨出第一步，如果还算喜欢，那就坚持走下去。有些人，读书也好，工作也好，甚至连恋爱结婚都因太在意别人的看法而忽视自己的内心感受，不知道自己想要什么，随遇而安，永远在喜欢与不喜欢之间游离，到最后毫无所获。

同样是"折腾"，为什么有的人平步青云、扶摇直上，有些人却疲惫不堪、每况愈下？知道自己想要什么样的生活的人，他们会永远朝着一个方向前进，虽然换了很多工作，但都在同一个行业之间切换。而有些人却像没头苍蝇一样乱撞，一会儿向东，一会儿向西，到最后发现自己又回到了起点。

我知道你可能不想要现在的生活，但是你知道自己想要什么样的生活吗？没有目的的旅行，只能叫流浪；没有目标的迷茫，只会让你慌张。你如果想要挣脱现有的生活，我不建议你来场说走就走的旅行，也不建议你离开职场换取自由，请你静下心来想一想：什么才是你想要的、可行的生活。

## 你永远也过不上自己想要的生活

01

那天，我在几个微信群里问了这样一个问题："现在的生活是你想要的吗？"

一句句"不是"从不同的城市，不同的人群中传来，抱怨、憎恶、怨恨、羡慕、憧憬……各种情绪夹杂而至。当然也有极少数人过上了当初想要的生活，但在仔细交流、反复质问之后，我得到了一个残酷的真相——那些所谓的过上了的自己想要的生活，其实是在原本的基础上打了许多折扣后的样子。

我问自己："现在的生活是你想要的吗？"我点了点头。

我再问自己："现在的生活真的是自己想要的吗？"我犹豫了。

我现在的生活很好。自从17岁之后，大小事都是自己做主；大学期间，学业不错，颇得老师喜欢，有三五好友；现在住的房子在大学附近，每天都能碰到背着书包的青年和头发花白的老教授；实习的单位是这座城市最好的媒体公司，也是我曾经向往的地方，每天做着自己喜欢的工作，上班很开心、充实。

我现在的生活应该就是我想要的样子，但拷问自己之后才发现，其实我并没有过上想要的生活。

我读的大学并不是我当初想要的，整个大学四年的生活都蒙上了一层灰扑扑的颜色。我以前想成为柴静那样的记者，但现在却发现自己越发懦弱，只想每天敲敲键盘，做个新闻搬运工，偶尔给卖艺的残疾人两块钱，就算是微小的人文关怀了。

我尽可能地朝着自己想要的生活靠近，却发现永远差那么一点儿。

## 02

"最怕你一生碌碌无为，到头来还安慰自己平凡可贵。"

我们从生下来就都想做人群中最闪亮的那个，后来却只能泯然众人。

你越来越会给自己找借口："我还年轻，不用着急""这样也挺好的"……当你发现，要过上想要的生活，成本变得越来越高时，你也越来越懂得如何安慰规劝自己。

于是，在不知不觉中，你为自己灌了一碗迷魂药。

当然，这并不怪你，因为我们都会下意识希望自己的人生以最小的磨炼享受最大限度的安稳和幸福。

不是每个人都像《肖申克的救赎》中的安迪一样，有毅力日复一日地躲在黑暗的角落为自己挖掘求生通道。我们大多数人都已经习惯了那堵高墙。这堵墙很有趣，一开始你会很痛恨它，但慢慢地，你就会习惯生活在其中，最终你会发现，自己不得不依靠它而生存。大多数时候，我们都是这样的人，一开始拼命想逃跑，后来却努力想留下。

你看过夜晚的车水马龙吗？你站在高处看过黑压压的人群吗？在这个偌大的城市里，你算不得什么。世界太大，没有人太在意一城一池的得失和一个个体的荣辱福祉。在与现实的博弈中，你渐渐败下阵来。敌人还没来袭，你就已经乖乖地缴了枪。

终其一生，我们也很难过上我们想要的生活。一则，原因如上，在漫长的过程中，我们自愿放弃了；二则，所谓想要的生活本身就充满着变数。

12岁，你想要的生活是可以有一张高年级哥哥那样成熟的脸；脱掉稚气后，你想要的生活是摆脱地狱般的高中，飞往天堂般的大学；进入大学后，你开始羡慕那些走在写字楼里的白领……你想要的生活，在你成长的过程中被不断推翻。当你好不容易差不多过上自己想要的生活时，你才发现，这样的生活可能是现在的你所厌恶的。你忘了，你现在所厌恶的，正是曾经的你所向往的。

你就这样在生活中边走边骂……

## 03

我们不能因为过不上自己想要的生活，就放弃对生活的追求。在兜兜转转之后，你终于明白，所谓想要的生活，就像小时候妈妈哄骗你说的"明天我给你买糖"。这颗糖果并不一定能够得到，但它却能够让你停止哭闹，变得乖巧。

我们不能因为过不上自己想要的生活，就放弃对梦想的追求。有些梦想注定是要拿来埋葬的，死亡才是它的最大价值。我们不能过上我们想要的生活，但在追求生活的过程中，我们变得更加美好了。这已经足够。

或许你现在的生活不是你想要的，或许你永远也过不上你想要的生活，这都不重要。只要你越发接近自己喜欢的模样，就已经很好了。

# 你浑身负能量的样子，真让人讨厌

## 01

小七是我微信朋友圈里负能量最多的人，她的朋友圈永远是唉声叹气，悲伤满屏。

工作稍有不顺，抱怨领导无能，管理变态。

遇到点儿小问题，抱怨上天不公，感慨生活不易。

到了晚上，小七的负能量更是多到了极点，哪怕到了凌晨2点，她也还会发那种无病呻吟、矫情至极的文字。

有一次，我终于忍不住问小七："你的生活真的有那么累吗？"

小七看着我，尴尬地笑着说道："还好啊。"

"那为什么看你微信朋友圈，觉得你活得好累。"

"我只是一有不爽，就忍不住发朋友圈。"

其实像小七这样的人很多。他们的现实生活平平淡淡，虽偶有难过不顺的时候，但大体上都还算过得去。不知道他们是矫情的细胞过多，还是天生自带悲悯基因，负能量总是充斥在他们的生活中。他们喜欢在微信朋友圈表达自己的不满，肆无忌惮地宣泄自己的负面情绪。

## 02

很多人都觉得在微信朋友圈发负能量的东西没什么不好。偶尔抱怨一下，的确能够适当缓解烦躁的心情，但长时间在朋友圈发负能量的东西，不但不能解决问题，反而会让你的心情变得更加糟糕。

有段时间我曾持续萎靡不振，整天负能量爆棚，在朋友圈发负能量的东西成为我每天最大的乐趣。情绪这个东西如病毒一般，是会传染的。每当我发完负能量的动态后，总有几个同样负能量的朋友和我互动评论，似乎彼此找到了安慰，你一言我一语，越聊越起劲，然后越聊越觉得人生无望。

我记忆最深刻的是实习时发生的一件事。那天，我交完稿子的时间有点儿晚了，错过了末班车，于是就习惯性地掏出手机发了一条感叹生活不易的动态。没过多久，同样在实习的几个朋友就像找到组织一样纷纷在下面留言，而且负能量一条比一条多，从简单的抱怨"工作无趣、专业无用"，累加到"生活不容易，以后毕了业怎么办"。当我回到家，躺在床上时，原本因为错过末班车而产生的负面情绪已经消失了，但看到朋友圈下面的回复时，心情反而变得更差了。负面情绪这东西，就像流行感冒，容易相互传播、交叉感染，造成二次伤害。

在网上过多地宣泄负面情绪，往往会让事情变得更糟。这种网上的负面情绪还会被带到你的现实生活中去，造成恶性循环。

## 03

长时间在朋友圈发负能量的东西，还有一个危害，就是会让别人觉得你是一个负能量满满，整天只知道唉声叹气的人。没有人喜欢和浑身负能量的人相处，如果别人觉得你是一个充满负能量的人，你会错失很多机会。

去年，学校有了两个去某公司学习交流的名额，其中一个给了我，并让我帮着推荐另外一个名额的人选。我推荐了A，可老师立马就否决了："你看她朋友圈里每天发的都是些什么东西，整天一副萎靡不振的样子，没有一点儿上进心，我怎么放心让她去。"

朋友圈有时会成为别人了解你的一个窗口。当你在朋友圈里过多地宣泄负能量时，别人就会在潜意识里判定你是一个没有上进心，遇到一点儿困难就退缩，不知道如何应对的人。

　　水满则溢，人的一些负面情绪堆积到一定程度确实需要发泄。偶尔发发小牢骚大家都能理解，但整天在朋友圈抱怨，只会让别人觉得你是个愤青或者怨妇，让人心生厌恶，自动远离。

　　当问题出现时，抱怨不但不能解决问题，反而会造成更多的问题。当你遇到不顺时，不要急着掏出手机抱怨，放下手机，先让自己静3分钟，想想问题该如何解决。当你把问题解决了，再掏出手机，这时，你会发现生活原来没有那么累！

## 你房间这么乱，怪不得生活那么糟

### 01

　　每天我下班回来做的第一件事，就是花10分钟收拾房间，然后才是洗澡，写稿，看书，睡觉。我不能忍受房间乱。桌子乱了，我写不出东西；床乱了，我睡不好觉。虽然早上由于赶着上班，被子不叠，拖鞋乱扔，吹风机甩床上，护肤霜也是满桌子都是，但下班回来后，即使再累，我也要先把房间收拾好。这种整齐的状态虽然只能维持一晚，我也必须要它整整齐齐的。只要我在屋子里，它就不能乱！

　　我不是处女座，也没有强迫症，但我坚信房间太乱的人，生活一定是糟糕的。

　　我有个不是特别熟的女性朋友。我第一次去她家的时候，确实被震惊到了：地上全是她擦脚用过的卫生纸；刚换季的衣服来不及收拾放好，全部堆在床上；两个敞开盖子的行李箱横躺在过道里，里面装的是她上次旅行的行李；书桌上，笔筒里插着眼线笔，书里面夹了一张面膜，试卷散发出一股被油汤浸泡后晾干的气味……真是一桌三用，美容、学习、吃饭三不误；打开她的冰箱，水果、蔬菜、牛奶一样也没有。我问她："怎么没买点儿东西放家里？"她指指脏衣篓旁边的塑料袋说："全在这里啊。"打开一看，除了干脆面，就是辣条。

朋友说她今年各种不顺，和老板在公司吵架被炒了鱿鱼，之后考教师没考上，正在备考的公务员也多半没戏。

"工作不顺就算了，身体也变差了，感冒一周了还没好，头一直晕晕的。"

我问她原因，她说吃东西吃坏了肚子。

"你租的房子这么大，我刚看厨房里东西也挺齐全的，为什么不自己做饭，外面的东西有些不卫生，容易吃坏肚子。"

姑娘故意一脸置气地说："我就是吃自己做的东西吃坏的肚子。"然后她告诉我，她做的是老干妈煮燕麦！这种黑暗料理吃了肚子怎么会好。

再看看她的房间。堆积的垃圾散发出难闻的气味；窗户本来就不大，一个置衣架放在那里，完全遮住了阳光和空气；我摸了下她的床单，湿的。

"在床上喝水的时候打湿的，还有一块床单不知道被我扔哪里去了，就将就着睡。我睡的另一半，不影响。"她说。

## 02

估计是看出了我无比嫌弃她凌乱的房间，她开始解释："我因为忙着考试，又生着病，加上心情不好，就没打理。"

"你以为你这样，病就能好了？考试就能过了？心情就能美得像朵花？"

那天，因为找地铁卡耽搁了一会儿，朋友上班迟到了几分钟。正好那天老板因为合作伙伴毁约心情不好，就骂了她一通。可能老板那天说的话有点儿重，朋友就回顶了几句。和老板吵架，哪有吵赢的道理，朋友就这样被解雇了。

回来准备考教师，结果考试前一周一直生病，最后自然没考上。现在呢，又在准备考公务员。

"生活好难啊，我感觉我的一切都不顺"。

看着她委屈的样子，我忍不住说："你先把你的房间收拾好。你现在每天都在家里，自己的屋子哪里都乱，你自然觉得生活糟糕，带着这种状态去考试也好，工作也罢，自然顺利不到哪里去。不顺利了，心情自然更糟，房间也会更乱……你难道打算一直这样恶性循环下去？"

朋友可能觉得被一个男生说屋子乱有点儿不好意思，便起身开始收拾房间。我也搭了把手，去楼下买了几盆多肉，一株吊兰。

"看着收拾好了的房间，果然心情好一点儿了。"朋友伸了个懒腰说道。

"是吧，保证你这次考试能过。"我随口说道。

不过，生活没有那么幸运。那年考试，她还是没考上。正当我觉得自己被打脸的时候，她打来了电话："明天来我家吃饭呗！"第二天，我去了。

她家真的变了——比我上次帮她收拾的时候整齐多了。虽然眼线笔还是被插在笔筒里，但书里看不到面膜了；书桌上多了几支插在酸奶瓶里的月季，置衣架搬出了房间；窗帘洗了，感觉变了个颜色；阳光从屋外打进来，均匀地洒在地毯上……

"我还以为会一夜回到解放前，没想到简直是大变样啊！"我打趣道。

她讪讪地笑了笑："你说得对，房间太乱了，生活也会变得糟糕。我现在每天再忙，也会花半个小时整理房间。每天推开门，看到阳台上的花和墙上'爱豆'的海报，心情瞬间好多了。没考上公务员又怎样，至少我现在更加乐观，更加快乐了，这难道不是一种进步吗？"

## 03

总有人喜欢为房间乱找借口。

"我很忙，没时间收拾……"房间越乱，耽误的时间越多。

"你看那么多伟人的房间都那么乱。"你是伟人吗？不是就闭嘴。

家是最小的社会单位，床是你每天待得最久的地方。情绪会影响环境，但更多的时候是环境影响我们的情绪。

抽个空，收拾一下房间，收拾一下自己。桌上添几盆多肉，床单换一个颜色，衣柜加几件衣裳……房间顺眼了，生活才能顺心。

# 我就是想买套房，想有个家

## 01

小七因为报表打印出来成了一堆乱码被老板骂得狗血淋头。

小七是老板助理，和老板接触的时间最长，所以挨的骂也最多。以往，小七每天下班都要向我抱怨一通，嚷嚷着要辞职，但这次小七什么都没说。

我问她怎么变得这么听话了，小七掏出手机，给我看了一张照片。照片上是一个小居室，北欧风格，温暖明亮。我以为小七要重新租房子，可小七却摇摇头对我说，这是她今天无意间看到的老家的楼盘。一居室，首付不到3万元，小七说，她心动了，她要好好工作，赚够3万元就回老家。

我笑了笑："你急什么啊，工作四五年的人都不急着买房，你一个工作不到半年的人就这么急着买房。"

原本还兴高采烈的小七，低落地说道："我想有个自己的家。"

## 02

有个朋友，在25岁生日那天搬进了自己的新家。他说，一个人在陌生的城市，即使没有爱情，也好歹要给自己一个家吧！

认识一个记者，32岁，未婚，被家里逼急了，拿出全部积蓄给自己买了套房。她厌烦家里人说她那么大了，还没属于自己的家。她说："只要房产证上写的是我的名字，那就是我的家。买套房，算是给父母和自己的一个交代。"

曾经看过一个故事。女主人公很早就给自己买了一套小房子，后来谈恋爱，男朋友就从合租房搬来和她住了。有一次，她发现男朋友和前任暧昧不清，就和他大吵了一架，然后让男生"滚蛋"。没过多久，女生的闺密也和男朋友吵架，跑来投奔她。她看到闺密提着行李箱落魄狼狈的样子，瞬间觉得自己还是蛮有出息的。她说，如果当初是她住在男朋友家，那么"滚"的人就是她了。

这座城市里如果有一盏灯是为你留着的，那么你是幸福的；

如果没有，那就自己给自己一个家，为自己开一盏灯。

## 03

曾经看过一个视频：一个男人，辛苦打拼了8年，存够了50万元，终于在北京郊区买了套房子，然后开始了每天将近4个小时的上下班往返生活。一种辛苦结束了，另一种辛苦立马赶来，不给你片刻喘息的机会。然而，辛苦并幸福着。

生活终究会告诉你，不管在哪儿，拼尽全力，总能有达成愿望的机会。

我们都想做一个凶猛的人，即使看透了生活的真相，也依旧热爱生活，并为了明天继续努力！终有一天，你会在这个城市拥有属于自己的房子，房间是你喜欢的味道，床单是你喜欢的颜色，枕边是你喜欢的人。

## 找个愿意为你做饭的男朋友

### 01

　　张曼玉说："到了我这个年纪，最喜欢的是一个煮得一手好菜的男人。"其实不管是哪个年纪的女人，都喜欢会煮饭的男人。

　　清晨醒来，枕边无人，披着睡袍慵懒地起床。走出房间，看到枕边人在厨房煮粥，阳光透过屋子，打在他赤裸的上半身，性感极了。在雾气中，他转过头望着你："醒了啊？"粥未熟，你的心早已被虏获。

　　夜晚，回到家中，刚脱下高跟鞋，就闻到一股饭菜的香味。这种味道一旦被你记住，就难以忘记。不管是在公司，在异地，在千里之外……只要想起这个味道，你都会巴不得下一秒就赶回家中，被这个男人拥在怀里。

## 02

　　有人说，做饭是女人的事。存有这种想法的人注定是个迂腐守旧的人。当现代的男人不能像古代的男子一样，承担整个家庭的经济重担时，男女分工也就没有那么明确了。钱，两个人一起挣；饭，两个人一起做，日子是两个人的，只有两个人一起去维系和经营才会变得有趣。

　　要求男人会做饭，不是要求这个男人的厨艺有多好，而是他的一种态度。一个愿意为你做饭的男人，肯定愿意摒弃"大男子主义"的思想，放下身段，平等地和你在一起。两个人在一起，不是谁该照顾谁，谁必须伺候谁。我们都是自由的灵魂，我们要的是平等的爱。

　　陈晓和陈妍希是娱乐圈里的一对金童玉女。他们颜值匹配，实力相当。陈晓能抱得美人归，很大一部分原因是：他会做饭。陈晓会做饭，尤其擅长煲汤。陈妍希拍戏的时候，陈晓就经常给她做自己最拿手的乌鸡汤，既温暖了"女神"的胃，又温暖了"女神"的心。张爱玲说："通往男人心的路，是胃。"其实，在食物面前，女人亦然。据说，婚后两人在一起的时候，如果是陈晓做饭，都会按陈妍希喜爱的口味，单独再做一份。

　　爱你，就是不惧怕任何麻烦。

## 03

　　做过饭的人都知道，做饭是一件非常麻烦的事情。你要去市场挑选喜欢的食材，不新鲜的不要，太大太小的都不行，随便挑选几样，一个小时就过去了。回到家，你还要仔细地清洗，一刀刀切下去，爱意全部融于其中。煎、炒、炖、煨……再小心翼翼地按照他的口味放置配料，多一点儿，少一点儿，都不行。这恰到好处的口味，是经过多次反复的琢磨才得出的。

　　你的厨艺和他的口味在反复打磨适应，正如你们的性格。没有天生适合的两个人，只有不断打磨的两颗心。同样，当一个男人愿意为你在厨房忙活，愿意不计时间做一道菜，那他一定是爱你的。

## 04

　　一个不愿意给女朋友做饭的男人是靠不住的。爱情不仅需要鲜花和巧克力，还需要柴米油盐。不愿意给你做饭的男人，会在内心深处渴望你像一个唯唯诺诺的女仆一样照顾他，为他洗衣、做饭，为他做一切。姑娘，你要找的是一个搭伙过日子的人，而不是一个需要你去伺候的少爷。

　　一个愿意为你做饭的男人，远比那些颜值不错的"欧巴"

更值得托付。愿意请你吃饭的男人有很多，但愿意为你做饭的男人可能一个都没有。没有哪个女人想做一个整日套着围裙的黄脸婆。我们都希望爱情里的两个人，能够为彼此多一份分担，钱不够花了，姑娘卷起袖子，二话不说，挣钱去；女朋友生病了，男生也能一言不发，跑进厨房，做饭去。

是谁来自山川人海，却囿于昼夜、厨房和爱。我们都是凡夫俗子、饮食男女，我们渴求的只是一份稳稳的幸福。

张小娴说："拥抱一个爱煮饭的男人，才是得到了一张真正的长期饭票。"愿男生们都爱上做饭，愿姑娘们都能找到属于你的那张饭票。

单身没错，可你不是狗啊

## 01

"双十一"，就是传说中的"光棍节"，到了。不知道从什么时候开始，大家喜欢用"单身狗"这个词来形容那些单身人士。每次听到别人说"单身狗"时，我就想到李玉红。

李玉红曾说过这样一句话："我特别讨厌别人叫我'单身狗'。什么是狗？喜欢摇尾巴的动物。我不喜欢别人叫我'单身狗'，因为我不会摇着尾巴去乞讨爱情。如果非要给我安一个名字，那就叫我孤狼吧。"

"单身狗"这名字一点儿也不好听。好好的一个人，怎么就成了狗了呢？

单身有那么可怕吗？

## 02

朋友A，32岁，单身，女作家，自己买车买房，化妆台上清一色的SK-Ⅱ、迪奥……早上9点准时上班，下班后做饭、跑步、洗澡、看书、睡觉；周末，约三两好友在家喝喝茶、聊聊天，或者一个人开车去附近自驾游。

朋友B，男，25岁，单身25年，估计要一直单身下去。此男可能是佛学的书看多了，对女人没兴趣，对男人更没兴趣。我问他："你一个人的时候都干些什么啊？"他说："抄经，做陶艺，画画。"

朋友C，奇女子一枚，不爱胭脂香粉，却喜欢科技、汉服、哲学、二次元、摇滚……此女不但可以一个人吃饭、逛街，还可以一个人去吃自助火锅。我很好奇她一个人吃火锅的感觉，她说："无感。"有一次，我问她："以后有没有结婚打算？"结果她一副不可思议的样子："你觉得我是那种不结婚的人吗？我只是暂时没有遇到适合的罢了。"我问："万一一直遇不到怎么办？"她一副高冷模样："遇不到就遇不到呗，我是要结婚，又不是一定要结婚。"

## 03

这几个人算是我认识的单身人士里面，过得不算差的一批。

当然，大多数单身的人并不能把日子过好，他们大概可以分为三种类型。

第一种：过于堕落。

此类以男生居多，没对象，无恋爱生活；不擅长社交，也不与人来往；整天浑浑噩噩，偶尔聚在一起分享云盘资源，顺带对身边的女性品头论足。

第二种：要死不活。

此类以女生居多。她们喜欢把生活中的所有不幸都归根于单身。和朋友吵架，都怪我单身，没有男朋友撑腰，所以被欺负；下楼取快递，崴了脚，都怪我单身，没有男朋友帮忙跑腿。她们总觉得只要一谈恋爱，就会被世界温柔以待。

她们绝对不能容许自己长时间单身，于是四处寻找"适合"的对象。刚恋爱的时候，她们觉得整个世界都在对自己微笑，拧不开瓶盖，有男朋友；PPT做不好，扔给男朋友；和路人吵架都觉得底气更足了。但用不了多久，她们便会发现原本浑身闪着光的男朋友原来如此平庸。开始一切都是妙不可言，最后却越看越不顺眼，生活又被打回了原形。

于是，不断分手，再不断恋爱，从一个男人的怀抱转到另一个男人的怀抱。反反复复，越发孤独。

第三种：毫无乐趣。

此类人没有太明显的性别特征，占单身人士的大多数。他们生活粗枝大叶，感情没心没肺；喜欢追剧，极少看书；

不爱出门，更别说旅行了；自己都饱一顿饿一顿，自然不会养阿猫阿狗；回到家就"葛优躺"，跑步跑不到两圈，更别说健身了；对未来没有规划，感觉整个人都是废的。你问他（她）为什么不把自己的生活过好点儿。他（她）说没时间，但其实是懒。

单身好吗？好！比如朋友ABC。

单身好吗？不好！譬如以上123。

## 04

反观恋爱。长跑十年终成夫妻的有之，分分合合终成眷属的有之，争吵不断情人变仇家的有之，劈腿被甩误青春的有之……

单身也好，恋爱也罢，都只是一种正常的生活方式。每个人都有权利选择自己喜欢的生活，单身的没有必要诅咒别人"秀恩爱，分得快"，恋爱的也不需要天天"虐狗"。

谁的新欢不是别人的旧爱，单身的生活没你们想象的那么悲惨。

单身的朋友们，你们没必要躲避。

你只需要记住，你是单身，但不是狗，不需要谁可怜你，施舍你一点儿微不足道的感情，你更不需要讨好谁，羡慕谁。

人们羡慕的是那种能把两个人的生活变得有味，一个人的生活搞得有趣的人。

把每一个单身的日子都过成节日，做一只孤狼，向着远方奔跑，无所畏惧，留给世界一个潇洒的背影。

# 别把减肥当作生活中唯一能做的事

## 01

阿莉，性别女，体形胖。

提到阿莉，大家第一反应就是胖，然后……就想不起来其他的什么了。

和大多数胖子一样，阿莉也曾因为胖而自卑，和朋友拍照只露半张脸，去买衣服经常没有适合的尺码。阿莉下定决心开始减肥，跑步、节食、爬山、吃药……能试的方法都试了，最后终于瘦了一点儿。对于胖子来说，就算瘦半两肉都是巨大的成功。可是过年回家，可怜的阿莉没有管住嘴，一周胖回减肥前。

这次，阿莉决定不减肥了！

在没有减肥做支撑的日子里，阿莉开始重新规划自己的生活。这时她才发现，自己以前每天除了吃饭睡觉外就是追剧，再没有其他，和别人相比，自己除了体重外还真的没有什么优势。

不能瘦到性感，那就胖得个性。

## 02

阿莉决定重塑自我，做一个有个性的胖子。女人的改变往往从化妆开始。以前，因为胖，阿莉经常遭到别人的嘲笑，久而久之也就自暴自弃了。但现在阿莉认识到，精致的生活和体重无关，胖子不等于丑女。

于是，阿莉学着收拾自己，宽松的短袖换成了修身的套裙，以前那些花花绿绿的衣服，也换成了纯黑或者灰色等显瘦色系。前两天，阿莉给我看她的照片——一袭黑色短裙，烈焰红唇，眉角上扬，秀发飘飘，好不诱人。除了体重没什么明显的变化外，她整个人简直脱胎换骨。

有些胖子之所以不好看，并不是体重的原因，而是因为胖养成了懒惰邋遢、自暴自弃的生活态度。这种生活态度会影响到你的气质，从而让你的形象大打折扣。

除了化妆外，阿莉还开始培养自己的兴趣爱好。阿莉唱歌很好听，但以前只是偶尔在KTV唱一两首，很少有人知道她这个优点。为了让自己变得优秀，阿莉从唱歌入手，经常约我们去KTV陪她练习。后来她开始参加学校的一些唱歌比赛，渐渐有了点儿名气。

前不久，阿莉参加了当地电视台举办的一个唱歌比赛，并进入了前10强。这下，大家都记住了阿莉，不过不是因为体重，而是因为歌声。现在大家提起阿莉首先会想到她唱歌好，然后才是长得胖。

## 03

大多数胖友都习惯把减肥当作生活的唯一追求，认为只有通过减肥才能实现逆袭，实际上并非如此。

如果你减肥的目的不是为了瘦，只是为了不受到周围人的嘲笑，那么你没必要减肥。减肥成功了，你能肯定再也不会听到那些嘲笑了吗？

你瘦了，体形上的缺陷被弥补了，但其他方面的不足会随之暴露出来。今天有人嘲笑你胖，你减肥；明天别人嘲笑你黑，你美白；后天别人嘲笑你矮，你是不是打算去拉骨？接受自己的不完美，坦然面对自己的不足，并与之和谐相处，否则，你将永远都活在别人的言语中。你可以为了自己的健康减肥，但永远别为了别人的眼神减肥！

　　有些人天生体质属于肥胖型，喝口水都能长胖，减肥对他们来说往往就是无用功。既然是无用之功，又何苦折腾自己，还不如大大方方承认自己是个胖子的事实。你要记住的是："你可以是个胖子，但不能只是一个胖子。"阿黛尔、张惠妹，提到她们，我们首先想到的是她们在音乐上的成就，然后才是她们的体重。

　　和那些身材匀称的人相比，胖子往往会被人忽略掉体重外的其他特征。所以，胖友们更要努力，努力让自己在其他方面出类拔萃，狠狠地甩那些嘲笑自己的瘦子一个耳光！做一个不管是体重还是其他方面都金光闪闪的胖子！

　　你可以是个胖子，但你不能只是一个胖子！你要努力做一个会唱歌的胖子，会跳舞的胖子，会画画的胖子……宁愿胖得个性，也不要瘦得平庸！

　　你把苑子文、苑子豪减肥逆袭的故事奉为圭臬，却不知道让他们之所以逆袭的是"北大"光环，否则减肥成功的那么多，凭什么火的是他们。

男友爱不爱你，过个年就知道

## 01

小夕跟我说她和男朋友分手的消息时，我挺意外的。

年前大家聚会的时候，还看到两个人一副恩爱的样子，怎么过个年回来，就分手了？

小夕说，其实在一个星期前，她就有了分手的想法，只是想着大过年的不要毁了心情，才一直隐忍不发。

小夕分手的原因听起来蛮搞笑的——男友假期长时间失踪。

小夕和男友的公司今年放假都比较早，两人早早就一前一后回家了。

以往两人分别外出，到目的地后都会互报一声平安。但这次，男友到家后没有任何消息，小夕跟他说了自己到家的消息，对方也没个反应。

小夕很担心，电话打过去，才确定男友也已平安到家。

接下来的一段时间，男友一直保持着这种"失联"状态，主动的消息没一个，收到的消息从不回。

男友在电话那头解释："村里网不好……"

可小夕明明看到他在朋友圈炫耀自己刚买的游戏皮肤。

"我也不是要求他每天定时给我汇报行踪，只是这种找不到人的感觉，让我觉得很没安全感。"小夕委屈地说着自己的苦衷。

## 02

后来，我问了下身边几个恋爱经历丰富的朋友，发现了一个有趣的现象：过年期间，和对方联系的紧密程度，与对方在自己心中的重要程度成正比。

"我和前任在一起的时候，过年一回家就开始斗图模式，从家乡风光到亲戚朋友，从年夜饭到压岁钱，只要看到有趣的东西，我都会拍下来发给她，让她分享我的快乐。但现在这个女朋友就不会，我们在一起才两个多月，感情不深，回家后，谁也不想搭理谁……"

"我和初恋在一起的时候，过年回家基本上都属于互不联系的状态。过年嘛，肯定是陪家人，女朋友自然放一边去。不过我和我现任，即便过年也要黏在一起，我们每晚都会开视频聊天。因为在我心中，她也是我的家人。"

"我也觉得奇怪，在上海的时候，一天不找他，我就心里慌，可回到家，一星期不搭理他，我都不觉得有什么。可能我只是把他当作一个普通的男朋友，而不是我以后要嫁的那个人。"

## 03

我一直觉得，爱情有三种境界。

第一种，两个人打发下寂寞时光，分散荷尔蒙冲动。

第二种，花前月下，你侬我侬，你爱我，我也爱你，闲来没事，去看看电影，喝喝小酒，偶尔还牵着小手，来个说走就走的旅游，但是对于未来，两人从没谈过，也没想过。

第三种，彼此感情很深，对双方家庭环境、父母状况等都有所了解，甚至连他家有几个表哥都数得清楚。这种情侣，不光把对方当作恋人，更是把对方当作家人。

可能有些人会觉得"不就是过年的时候没搭理对方嘛，有什么好生气的"。

其实，越是过年的时候，越是能看出一个人是否在乎你。

如果那个人会和你分享自己喜欢的音乐，会每天对你道晚安，但你们对彼此的家庭却一概不知，那说明他只是把你当作普通的恋人。除了情爱，其他的一律不说，因为他知道，你们反正也走不到最后。

但如果一个人除了和你谈情说爱，还告诉你他的人生规划，跟你分享他家里的事情，过年的时候，还会问你"宝宝，在干吗"，那说明他把你当作那个会和他走到最后的人。

虽然谈恋爱要水到渠成，不能顾忌太多，但我想，但凡深爱的情侣，都希望自己是能够陪对方走到最后的那个人，希望自己走在红毯上的那天，身边牵着的人，还是眼前这个人。

爱情是两个人的事情，婚姻却是两个家庭的事情。如果你打算和身边那个人从"恋人"成为"夫妻"，那么没事的时候，多和对方说说自己家里的情况，多和爸妈夸夸对方，让彼此更早地融入各自的家庭中。

《致青春》里面，有这样一句台词："我们爱一个人，应该像爱祖国，爱山川，爱河流。"

这种爱，不是简单的儿女情长、打打闹闹，而是恒久的大爱。

虽然作为普通人的我们达不到这样的境界，但我们在谈恋爱时，如果能把对方当作家人一样去包容，去理解，去心疼，去关心，那么这样的爱情一定很甜很甜。

## 他明明喜欢熬夜，却在夜里9点和你说晚安

### 01

你一定也有过这样的经历吧。

抱着手机傻等，终于看到屏幕那端闪烁着两个字：晚安。

你有点儿失落，不过还是蛮开心的，毕竟他对你说了晚安。

你以为你是每晚陪他聊到最后的那个人，可你不知道，刚和你说完晚安，下一秒他就打开另外一个对话框，问道："睡了吗？"

### 02

读大学的时候，有个女生一直喜欢我室友大宇，然而大宇

却对她毫无感觉。

有次聚会喝酒的时候，大家问大宇对女生的感觉，大宇说出了实话："我以前对她虽然没感觉，但还不算讨厌。现在我真的有点儿烦她了，每天各种消息轰炸。拉黑吧，又怕伤了她的面子。给她说了一百次我们不可能，可她还是义无反顾，我也没办法。"

喜欢的人发个"在吗"都是情话，不喜欢的人除了转账都是打扰。

不过女生却从不觉得自己是在打扰大宇。

有次上公开课，那女生恰好坐在我后面一排。课间的时候，她主动和我聊起了大宇。为了让女生早点儿放下这段不可能有结果的感情，我言语之间不断地流露出大宇不喜欢她的信号。

可是女生却不以为然，掏出了手机，笑着对我说道："你看，他每晚临睡前都要和我说晚安，他还是在乎我的。"

扫了一眼时间，几乎都是晚上9点。

姑娘不知道，大宇每晚都是9点回到宿舍，然后熬夜到次日凌晨2点。

他明明喜欢熬夜，却在每晚9点就和你说晚安。

说到底就是不爱你，只是你却不愿相信。

## 03

和这种单恋相比，情侣之间的不爱更让人伤心。

之前有个粉丝跟我说过她的故事。

她和男朋友在一起的时候，对方刚刚分手。因此，她一开始也担心对方是为了刺激前任才答应和自己在一起的。

因为太过在乎这段感情，她一直试图抹掉这段过去。她假装着彼此是水到渠成，情不能已。

不过从她的描述中，我察觉到男生似乎并不爱她。

男生的朋友圈从不晒她的照片，出去玩儿也不愿意和她合影；给自己买价格上千的球鞋毫不手软，给她发的红包却从没超过20元；约会看的电影，从来都是他想看的，吃饭的餐厅，也都是合他口味的。

我告诉她，趁陷得不深，赶紧分手。

可是她却对我说："我觉得他还是爱我的。我生病的时候，他会问我要不要去医院，收到我送的礼物时，他也会说有我很幸福。"

说得越多，越是为了掩饰。

如果一个人真的爱你，你根本不用那么费力地去寻找爱的证据，甚至从来不用去怀疑自己到底有没有被爱过。

被人爱，很难。

承认自己不被人爱，更难。

## 04

不要以为这种"被爱"的自我欺骗只会存在于感情的开始和中途，在一段感情结束之后也常常依然存在。

他分享了一首伤感的歌曲，他一定很想我。

他说他一个人出去旅行了，他一定是想和我复合。

他发的朋友圈越来越多了，他一定是想引起我的注意。

栗子在喝醉酒时，也曾吵吵闹闹地说："他一定还爱着我。"

看着她狼狈又卑微的样子，真想一巴掌打过去，泼她一盆冷水："他不光现在不爱你了，甚至以前也没爱过。"

栗子和她前任的感情一直不被大家看好。

栗子第一次带我们去见他的时候，我们就看出这男的对栗子不冷不热。不过栗子却解释说："他这是性格木讷。"

就是这个木讷的男人，最后和她闺密好上了，把她甩了。

明明是个"渣男"，可你却说他很暖。

明明是他对不起你，可你还急着给他找理由开脱。

你这不是傻，是愚蠢！

这世界上，没有人不值得被爱。

但有时我们也应该清醒地告诉自己："我没有被爱。"

当追一个人追了很久，对方还爱搭不理时，勇敢地接受他不爱我这个残酷的现实，果断放弃。

当在一段感情中永远扮演付出者的角色时，勇敢地承认他不爱我这个残酷的现实，趁早分手。

当和那个曾经爱过的人分头而走时，勇敢地承认他已经不爱我了，拿得起，也该放得下。

也只有承认自己没有被那个错的人爱过，才能早日被那个对的人爱着。

## 为了重要的人，我宁愿手机24小时不静音

### 01

昨天下午快下班的时候，临时接到任务要加班，突然想到早上出门的时候忘带钥匙了，便给室友发了消息："我今天晚点回去，但忘带钥匙了，到时给我开一下门。"看到室友回过来一个贱贱的表情，我便赶紧加班去了。

晚上差不多快11点的时候我才到家，站在门口给室友发微信，让他开门，结果，消息发出去几分钟后都没反应。我估摸着他可能没有看到信息，便打了个电话过去，然而，电话却没有人接，接连打了几遍还是一样。敲了几下门，也没反应，没有办法，我只能站在门口一边干着急，一边琢磨今晚该怎么进屋。过了十几分钟的样子，门突然开了，室友一脸轻松地说道："你敲门的声音太小啦，我在里面看电影没听到。"我白了他一

眼说道："那电话也没听到？"他一脸无奈地说道："我手机到晚上10点以后就静音啦。"

## 02

其实，以前的我也是这样。手机设置成静音状态，从那以后，晚上睡觉，再也不用担心被电话铃声吵醒，一觉睡到大天亮的感觉超级棒，第二天醒来，看到未接电话，就回拨过去，不过对方多半都会说，没事了。

后来发生的一件事，让我改变了这种行为。我高中是在其他城市读的寄宿学校，每个月回家一次，休三天，然后回学校。每次从家到学校后我都会给我妈打个电话，报声平安。结果有次回学校后，把这事给忘了，第二天早上醒来，手机有三十多个未接电话，其中二十多个是我妈打的，5个是我爸打的，3个是我舅舅打的。看到这么多未接电话，我赶紧拨回去。电话一通，那边就传来我妈急切的声音："你终于接电话了，没事吧？"我这才反应过来，昨天我妈没收到我的电话，打了一晚上我的电话又没人接，以为是我出了什么事。后来舅舅告诉我，我妈联系不到我，又没有老师的电话，便买了第二天最早的车票，准备来学校。我回她电话时，她正在汽车上。

可以想象这样一个画面：一个一夜未眠、着急的母亲，坐在车上，靠着窗户打盹儿，手里紧紧攥着手机，铃声突然响起，来不及看是谁就下意识地接起，听到电话那边的声音，一下就放心了。

我很喜欢的一部电影《山河故人》里面有这样一个情节。

某晚，张艾嘉饰演的一个独自漂泊在澳大利亚的中年妇女躺在董子健饰演的"小鲜肉"胸前，自言自语道："我来澳大利亚以后，24小时开着手机，我的妈妈年纪大了，我想让她能随时找到我。除了她，A城没有什么人打电话给我，因此一有A城的电话打来，我就紧张，就怕有不好的消息。"

你知道，牵挂是爱最痛苦的部分。小的时候，以为一个人是一座孤岛，来去都自由。后来才知道，即使再孤独，这世界上仍有人对你有所牵挂。

现在的我，已经习惯了24小时手机开机，而且，除了上班、看电影等场合会将手机调成震动外，其他时间永远都是铃声。因为我怕错过家里的电话，不能见年迈的外公最后一面；我怕错过朋友深夜打来的电话，不能在他们最无助的时候给他们安慰；我怕错过我喜欢的人打来的电话，不能听到对方宿醉后的那句"我好想你"。

我虽然也想睡个安稳觉，但对你们，我永远有空。

## 03

朋友 C 抱怨男朋友有个习惯让她难以接受——手机永远静音。

有一次，朋友 C 给男朋友发微信说饿了，一起去吃饭，结果对方没回消息。朋友想着可能是男朋友在忙，便等了一会儿。过了几分钟，她又发了个表情过去，对方还是没有反应，最后实在等不了了，便打了个电话过去，但依然无人接听。随后朋友又接连打了三个电话过去，始终无人接听，于是只能一个人穿好衣服下了楼。

刚到餐厅，男朋友回消息了："刚刚在看电影，没看手机。"

"打你电话也没接？"

"手机静音，没听到。"

手机静音的人永远不会懂得，电话那头，另一个人着急找你的模样。

一个人到底是有多洒脱，才会选择手机 24 小时都静音。

有人因为有牵挂的人，所以手机 24 小时开机；也有人因为工作，所以手机 24 小时开机。

我发现，越是处于职场高层的人，越会选择手机 24 小时开机。

一位报社的首席记者朋友有两个手机，因为她必须保持 24

小时在线才能在第一时间赶到新闻现场。

我的总监刚毕业的时候，一下班就把手机调成静音，避开所有的工作。有一次他写的文案有个数据错误，当晚负责发稿的编辑发现后，拿捏不准，便打电话向他确认。他没接到电话，编辑只有正常发稿。第二天广告商找上门，他被辞退了。

责任心越强的人，越是会手机24小时开机。

这年头，通信工具发达，如果事情不重要，大家一般都会在微信上沟通，选择给你打电话的，要么是紧急的事，要么是重要的人。所以，手机别静音，也别关机，因为电话那头的人会着急。永远记住：你是被需要的，被牵挂的，被爱的。